權錢對決

之 16

官場現形

大結局

姜遠方 著

目錄 CONTENTS

第一章

高官殺手

傅華心存僥倖地說：「這傢伙有些過分小心了，
其實我手中也就這麼點東西，多一點都沒有了。」
胡瑜非笑說：「他對你不得不小心，
畢竟你先後扳倒了睢才燾和齊隆寶，
已經有人稱你是高官殺手了。」

當孟慶三和木力強坐下來開始詢問傅華的時候，傅華的心情已經很平靜了。

從胡瑜非提醒他的那一刻起，他就知道肯定會有人來調查熙海投資購買天豐源廣場和豐源中心項目的事，因為早有心理準備，心裏自然就不會再那麼慌亂。

孟慶三看著傅華，說：「傅華同志，看你一點也不慌張的樣子，是不是你早就知道我們會來調查這件事啊？」

傅華說：「你這麼想可有點偏頗啊，我不慌張是因為我問心無愧。」

「問心無愧？」木力強冷笑一聲，說：「到這個地方來的，就沒有問心無愧的人。傅華，我勸你還是趕緊端正一下態度，趁早交代你的問題才對，千萬不要心存幻想，以為只要頑抗到底，就可以逃避法律的制裁。」

傅華回嘴說：「這位同志，既然你已經認定我是有罪的，那你還問我幹什麼，直接把我送到監獄去就好了。」

「傅華，」木力強生氣地叫道：「你可真夠狂的啊，到了這裏你還敢這麼囂張。」

傅華冷冷地說：「你們這裏是什麼地方？難道這裏就可以無法無天，隨便誣賴別人有罪嗎？」

「你！」木力強站了起來，嚷道：「信不信我教訓你啊。」

說著，木力強握著拳頭就想衝向傅華，孟慶三在一旁喝阻道：「小木，你幹什麼，你忘了我們的紀律了嗎？」

木力強忿忿地說：「主任，這傢伙實在是太氣人了，不教訓他一下他不會老實的。」

孟慶三瞪了他一眼，說：「胡鬧！你想幹什麼，我們這是依法調查，不是刑訊逼供。趕緊給我坐下。」

木力強看了看孟慶三，雖然心中有些不滿，終究不敢違抗孟慶三的意思，不得不坐回原來的位置。

孟慶三對傅華說：「傅華同志，你別介意，這個小木比較衝動。」

傅華看了看孟慶三，別看這個孟慶三態度和藹，但是他很清楚，這兩個人當中，他才是真正難對付的那個。

傅華無奈地說：「我能介意嗎？我現在是被你們調查的人，你們想怎麼樣就怎麼樣，我就是想介意，也拿你們無可奈何。」

孟慶三示好說：「千萬別這麼講，我們對你只是依法展開調查而已，並不想要逼迫你承認沒做過的事。」

傅華笑了一下，說：「那是說我可以介意你這位同事的態度嘍？」

孟慶三假裝和善地說：「當然可以啊，他有什麼做得不對的地方，你可以指出來的。」

傅華說：「那好，既然我有這個權利，那我就要說說你這位同事幾句了。這位小木同志，我給你上點法律知識課吧，按照刑法的規定，在你們拿出充分證據證明我有罪之前，我仍是受法律保護的公民，任何人，無論他怎麼強勢，都沒有權力侵害我的權益，更不應該一來就指我有罪，這個你聽明白了嗎？」

「你！」木力強臉漲得通紅，怒視著傅華，不過他還是忌憚孟慶三，所以雖然氣得要命，但還是乖乖地坐在那裏，沒有再站起來。

傅華笑了一下，看著孟慶三說：「孟主任，看來你這位同事還是沒聽明白我講的法律精神啊，身為執法人員，這樣子可是不行的，我看他很聽你的話，你是不是再跟他好好講講啊？」

孟慶三瞪了木力強一眼，說：「小木，你應該知道傅華同志講得是對的，為什麼還不跟他認錯啊？」

木力強在孟慶三的嚴厲目光注視下，不得不對傅華說：「對不起。」

傅華忍不住諷刺說：「這個我可承受不起，一會兒你說不定就會為此報復我了。」

木力強再次被氣得滿臉通紅，不過孟慶三搶在他發作之前，對傅華說：「好了傅華同志，你別去跟他一般見識了。下面我要正式跟你瞭解一些事情，希望你能夠如實回答，你聽明白了嗎？」

傅華點了一下頭，說：「我明白。」

孟慶三就開始詢問起熙海投資購買天豐源廣場和豐源中心的事，說：「傅華同志，我很奇怪，當時國土局已經有要收回這個項目土地的意向，為什麼你掌管的熙海投資還執意要從天豐置業手中收購這個項目呢？」

傅華態度十分鎮定地說：「這是基於我們對國土局以往處理這種事的一種判斷，當時我認為只要補交了土地出讓金，國土局就不會採取收回土地的措施。」

孟慶三聽了說：「可是最後國土局還是採取了這個措施啊？」

傅華聳聳肩說：「那只能說我們判斷失誤了，我想這並不違法吧？」

孟慶三說：「這個自然不違法，據我所知，這個熙海投資是由洪熙天成財貿有限公司和海川市駐京辦合資設立的，你能跟我解釋一下這個洪熙天成的情形嗎？」

傅華說：「洪熙天成是我一個朋友在所羅門群島註冊的離岸公司，他因為不想出面管理這家公司，所以把管理權委託給我。」

孟慶三追問：「那你能跟我們講一下你這個朋友嗎？」

傅華搖搖頭說：「不能，我剛才已經講得很明白了，他不想出面，才把這家公司委託給我管理的，所以我不方便透露他的事。」

孟慶三質疑說：「可是我們有理由懷疑你這位朋友和熙海投資購買項目的資金來源有問題，所以請你還是跟我們配合，說出關於他的事，否則我們強烈懷疑你參與了他們違法的行為。」

傅華確信孟慶三並不掌握洪熙天成的任何資訊，更無法證明購買項目的資金有問題，因為在所羅門群島，對在那裏註冊的公司資料皆會高度保密，孟慶三根本就無法查到什麼。

傅華便反問說：「孟主任，是我這位朋友真的有問題，還是你們想查清楚我這個朋友是誰？」

孟慶三說：「這有什麼區別嗎？如果你的朋友沒什麼問題的話，那他為什麼藏頭藏尾，不敢露面呢？」

傅華說：「我覺得是有區別的，我的朋友不肯露面的原因可以有很多，比方說出於個人隱私的考量，又或者他就是不想露面呢？並不能以此推論他就一定有問題。如果你覺得熙海投資購買項目的資金有問題，那請你拿出相關的證據來，否則的話，我可以告你誹謗。」

孟慶三威脅說：「傅華同志，你不要覺得你們做的很隱秘，別人就什麼都不知道了，我們手中可是掌握到了一定的證據，才把你請來進行調查的。」

傅華笑說：「孟主任，你們究竟知道了什麼，說出來聽聽啊？」

孟慶三說：「我們知道熙海投資這筆資金是某位領導利用權力借來的，目的是讓天豐置業能夠從這個項目中脫身，我說的對不對啊？」

傅華裝傻說：「孟主任，你的想像力可真夠豐富的。」

孟慶三冷笑說：「這不是我想像出來的，而是事實就是如此。」

傅華道：「既然事實如此，那麼請問你說的某位領導究竟是誰啊？」

「你！」孟慶三語塞了，他希望能夠從傅華這裏牽到楊志欣身上去，卻不敢反過來用楊志欣指證傅華。楊志欣的身分可不是他一個小小的監察室能隨便去指控的。

傅華老神在在地說：「我什麼？你如果知道這個領導是誰，那你直接去調查他好了，又何必來問我呢？」

孟慶三有點問不下去了，看著傅華說：「傅華同志，看來需要給你點時間好好想想，要不然你無法認識到你究竟犯了多麼嚴重的錯誤。好了，今天就談到這裏，你自己在這兒把事情想想清楚吧。」

孟慶三和木力強就準備收拾東西離開，傅華卻說：「等一下孟主任，我還有話要說。」

孟慶三問道：「你還有什麼話要說的？」

傅華笑說：「孟主任，我想請問一下，如果我知道了某位領導涉嫌犯罪的事實，向你們監察室檢舉，你們監察室管不管啊？」

傅華這麼說，是因為他突然想到，也許他可以借這個機會把杜靜濤的公司涉嫌不法的事給揭發出來。孟慶三雖然可能是對手陣營的人，但他畢竟是監察部的官員，沒有湮滅證據的膽量，同時，傅華這麼做也是想借孟慶三的嘴遞話給董某某和杜靜濤，要他們別以為可以隨意的拿捏他，他手裏也是有還擊手段的。

孟慶三疑惑地看著傅華說：「你要檢舉誰啊？」

傅華笑笑說：「你還沒告訴我你們監察室究竟管不管呢？」

孟慶三不疑有他，正色說：「只要是領導幹部涉嫌以權謀私，我們就有權力管。」

傅華說：「那好，你們開始做筆錄吧，我要向你們檢舉杜靜濤的源起公司利用某位領導人的權力獲取不當的利益。」

孟慶三狐疑地問道：「這個某位領導人究竟是誰啊？」

傅華笑說：「孟主任，我不會跟你一樣，說了某位領導人卻不敢說出他的名字來，我有這個膽量說出這位領導人的名字，而且，我還有充分的證據能夠證實這位領導人確實與這個杜靜濤關係密切。」

孟慶三似乎並不知道杜靜濤跟董某某的關係，催促說：「說話別夾槍帶棒的，趕緊說他的名字吧。」

傅華清了清喉嚨說：「他的名字是董某某，這個杜靜濤就是他的私生子，至於杜靜濤和源起公司的違法行為，則是利用董某某的影響力，從大型國企獲取項目，然後又把項目發包給該大型國企的分公司去做。」

「董某某?!」孟慶三驚訝地叫道：「傅華，你別血口噴人啊，這也是你

可以隨意污蔑的人嗎？」

傅華諷刺說：「孟主任，我總算明白這位小木同志為什麼什麼證據都沒有就敢說我有罪了，原來問題出在你這兒啊，你又沒問過我指證董某某有沒有證據，憑什麼說我血口噴人。」

「你說你有證據，」孟慶三看著傅華說：「什麼證據啊？」

傅華笑笑說：「證據嗎，我肯定是有的，而且絕對很充分，不過我不能交給你，我擔心你會把證據給銷毀了。這樣吧，你把你們的部領導請過來，我可以把證據交給他。」

「你想見我們部領導？」孟慶三說。

傅華說：「對啊，我想董某某這個級別的官員，恐怕也必須要你們部領導出面才夠資格調查的吧？」

孟慶三有些猶疑著看著傅華，沉吟了一下，說：「這件事我無法決定，這樣吧，你等我請示一下，然後再給你答覆吧。」

傅華笑了一下，說：「我等著就是了。」

孟慶三和木力強就離開了，把傅華單獨扔在屋子裏。

傅華的心其實極度的焦躁不安，雖然剛才在跟孟慶三交鋒時談笑自若，但他心中其實並沒有什麼底氣。他現在在孟慶三的掌握之中，如果董某某真要對他有什麼不利，那他的形勢就很危急了，甚至能不能走出這個房間都很難說。

就在這種煎熬下，一個小時過去了，門再次被推開，孟慶三一個人走了進來，對傅華說：「誒，傅華同志，不好意思啊，我們下面的同志搞錯了，我剛才去核實了一下，你沒什麼問題，現在你可以離開了。」

傅華心裏鬆了口氣，看來對方也沒有膽量跟他硬碰硬，既然對方退了一步，他也不想在這時候非要把對方逼到牆角去，就笑了一下，說：「原來是一場誤會啊，幸好沒有造成什麼不良的後果。」

孟慶三把傅華的手機還給傅華，然後開車把傅華送回了笙篁雅舍。

傅華剛進家門，手機就響了起來，是胡瑜非打來的。他接通了，說：「誒，胡叔，你這個電話打得可真巧啊，再早一會兒打來的話，我恐怕就無法接了。」

胡瑜非擔心地說：「巧什麼巧啊，我是剛知道你從監察室被放出來，就趕緊打電話給你。你現在在哪裡啊，在那邊有沒有吃苦啊？」

傅華說：「我剛到家，還好啦，他們對我挺有禮貌的。誒，胡叔，是誰通知您我被監察室給帶走的啊？」

胡瑜非說：「是志欣說的，董某某剛才給他打了一個電話，說是監察室跟你之有些誤會，他知道之後，就批評了他們，及時的把你放了出來。好了，知道你沒事我就放心了，現在時間很晚了，你早點休息吧，明天來我這裏一趟，有些話我們見了面再談吧。」

胡瑜非這麼說，是因為有些話在電話裏說不方便，傅華就笑說：「行，我明天上午就過去。」

第二天上午，傅華便去了胡瑜非家。

胡瑜非看到他，拍了拍他的肩膀，稱讚說：「傅華，你的應變機智越來越強啦。」

傅華苦笑說：「這也是被那些傢伙逼出來的。」

胡瑜非說：「跟我說說，他們把你帶到監察室去都問了些什麼啊？」

傅華說：「他們主要問的是熙海投資購買天豐置業項目的事。」

胡瑜非沉吟說：「看樣子，他們原本的目標是衝著志欣來的。那他們後來又是怎麼收手的？」

傅華笑說：「我向他們檢舉了董某某和他私生子杜靜濤的事，監察室就不敢再查了，立即把我給放了出來。」

「你說那個杜靜濤是董某某的私生子？」胡瑜非看了看傅華，說：「你有證據嗎？」

傅華點點頭說：「我有足夠的證據能夠證明。」

胡瑜非好奇地說：「你是怎麼拿到證據的？」

傅華並不想把安部長攪進來，就把事情都推在張輝頭上，說：「是我一個記者朋友查到的。」

胡瑜非警告說：「不管你是怎麼查到的，這件事到此為止，不要再往外擴散了，知道嗎？」

傅華聽了說：「您這麼說，就是表示楊叔跟董某某已經達成某種默契了？」

胡瑜非語帶無奈地說：「不這樣不行啊，如果繼續鬥下去的話，只會兩敗俱傷。」

傅華不以為然地說：「胡叔，我倒是認為對方並不能從我這裏得到什麼能夠對付楊叔的把柄，熙海投資的手續都是合法的，所以我們沒必要跟他妥協。」

胡瑜非嚴肅地說：「事情不是你想的那麼簡單，且不說志欣跟董某某那個層面上相互間的一些利益糾葛，單就說你這邊吧，你以為他們這次把你帶去監察室，目的只是想揪出你的違法行為嗎？」

傅華詫異地問道：「難道不是嗎？」

胡瑜非說：「當然不是啦，在此之前，他們早已全面分析過你的背景，知道你這個人做事向來很有原則性，想從你身上找到違規的事很難。」

傅華越發地奇怪了，不解地說：「既然這樣，那他們還帶我去監察室幹什麼啊？」

胡瑜非說：「他們是想困住你，然後趁這段時間搞些小動作出來。」

「他們想搞什麼啊？」傅華問。

胡瑜非說：「董某某告訴志欣，原本他想要國資委調整一下中衡建工的領導班子，倪氏傑做中衡建工的董事長已經很久了，這種情況並不利於中衡建工的長遠發展。」

傅華心中一凜，心說：董某某真是厲害啊，一出手就打他最弱的地方。倪氏傑確實是他最弱的一環，如果倪氏傑離開中衡建工董事長的寶座，那中衡建工跟熙海投資合作的項目，馬上就會產生很大的變數，從而更引發一連串連鎖反應，導致熙海投資和豪天集團出現混亂的局面。現在杜靜濤算是進入了豪天集團，就會借助董某某的勢力趁亂向羅茜男發難，掌控豪天集團，並進一步控制熙海投資……

而這時候，傅華還被關在監察室裏呢，跟外界音訊不通，根本就無法做出任何應對。等過了這段時間，杜靜濤完全掌控住局面，傅華即使被放出來，也是大勢已去，無力回天了。

傅華咋舌驚嘆說：「這個董某某的手段可真夠毒辣的。」

胡瑜非說：「能夠擠進金字塔尖的人物，都是經歷過不知道多少政治鬥爭的老手了，玩這點把戲還不是小菜一碟啊？好在你搶在他前面找到了杜靜濤和他的關係，以及杜靜濤的公司存在違法行為的事實，讓他不得不心存顧忌，這才找志欣進行了溝通。」

傅華忿忿不平地說：「便宜這個傢伙了，本來我還想借這件事好好地搞他一下呢。」

胡瑜非警告說：「事情能這麼收場，你應該感到慶幸，你掌握的這點東西，對普通的官員來說也許是致命的，但是對董某某來說，力度還差得遠呢；你想光憑這個就整倒他，幾乎是不可能的。」

「既然是這樣，那他為什麼還要跟楊叔妥協呢？」傅華問。

胡瑜非猜測說：「我覺得無外乎兩點原因。首先，你在被調查的時候提出要舉報他和杜靜濤，這完全出乎他的意料之外，打亂了他的步驟。」

傅華笑說：「這倒是，他絕想不到我會選在監察室舉報他和杜靜濤的。」

胡瑜非接著說：「第二，他們對你搞的是突然襲擊，你不但不慌張，反而說要舉報他和杜靜濤，這讓他覺得你事先已經在計畫怎麼對付他了，舉報他和杜靜濤可能只是第一步，後面還不知道有什麼殺招呢，加上你身後還有志欣的背景。」

傅華有趣地說：「我猜他一定以為我舉報這件事是與楊叔有關。」

胡瑜非聽了說：「當然啦，這就讓董某某不得不多想想了，如果只是你一個人，董某某沒什麼好怕的；但是加上一個志欣，他就不敢輕舉妄動啦。」

傅華心存僥倖地說：「這傢伙有些過分小心了，其實我手中也就這麼點東西，多一點都沒有了。」

胡瑜非笑說：「他對你不得不小心，畢竟你也不簡單，先後扳倒了睢才燾和齊隆寶，已經有人稱你是高官殺手，在政壇上，你也算是聲名赫赫了。」

傅華不禁大笑起來，說：「高官殺手？我可沒那麼厲害，大多數時候我都是被他們給逼得狼狽不堪的。誒，胡叔，如此一來，那個杜靜濤應該不會再對豪天集團搗亂了吧？」

胡瑜非說：「肯定不會了，董某某已經向志欣承諾了，他會讓杜靜濤把豪天集團的股份出手，退出豪天集團的。」

傅華忍不住說：「才剛進來就要退出，這傢伙夠能折騰的，其實那個源起公司應該不在乎這點錢，他又何必這麼急著退出呢？」

胡瑜非笑說：「這些人的錢是要用來賺快錢的，又怎麼會甘心放在豪天集團給你們使用呢?!再說，我估計他也擔心時間久了，你們抓到他的把柄越來越多，這筆錢他再想退出可就難了。」

「他這是以小人之心度君子之腹了。」傅華說：「不過胡叔，這個董某某做事也太不知道遮掩了，我還沒怎麼深入去查呢，就查到源起有限責任公司的事了。」

胡瑜非笑了一下，說：「不是他不知道遮掩，而是到了他這個層次，一手遮天的事太多了，很少有上到他這個層次的官員被查的。」

傅華感嘆說：「這還真是刑不上大夫啊。不過胡叔，我覺得這屆高層應該不會再這樣子下去了吧？我看從他們上臺以來，已經接連懲治了不少的高官，顯示了要跟貪腐鬥爭到底的態度。希望他們能夠打破陋習，無論什麼層次的官員有了違規行為，都要給予嚴厲的懲處。」

胡瑜非看了傅華一眼，說：「傅華，看你的意思，是想把董某某的事查到底了？」

傅華點點頭說：「我是有這個想法，現在我查到的只是冰山一角，再深入調查下去的話，一定能夠查到更多董某某令人震驚的貪腐罪行……」

「行了，」胡瑜非制止傅華說：「傅華，你只是個駐京辦主任，並不是什麼當代包公，這種事就算要查也輪不到你去查，你還是老老實實地做你的事，別再去給志欣添亂了，知道嗎？你要明白一點，政治從來都是鬥爭和妥協結合的產物，如果只知道鬥爭，而不知道妥協，那就會被其他人視為極為危險的因素，到那時候，就是不被除掉，也會被孤立的。傅華，你總不希望志欣陷入這樣的境地吧？」

傅華知道到了楊志欣這個層次，正義感什麼的大概都放在一邊了，他們要做更多的利益盤算，才能保住目前擁有的地位。因此胡瑜非這麼要求他也不為過，就點點頭說：「我明白了胡叔，我不再去碰這件事就是了。」

跟胡瑜非談完，傅華回到駐京辦，先打電話給羅茜男，把董某某跟楊志欣已經達成默契，不會再來針對他們的事告知羅茜男，讓羅茜男不用再擔心杜靜濤還會對豪天集團搞什麼鬼了。

羅茜男聽完，有些半信半疑的說：「傅華，你說這不會是他們的陰謀吧？先告訴我們他們不會再來搗鬼，讓我們放鬆警惕，然後再來打我們個措手不及？」

傅華笑說：「應該不會的，據胡叔說，杜靜濤會很快就退出豪天集團。不過你說得也是，我們也得防備他們真的有什麼陰謀，反正你對杜靜濤多留意一些好了。」

羅茜男說：「行，我會多留意的。」

結束通話，這時，張輝敲門走了進來，滿臉興奮地說：「誒，傅華，我的那篇報導你還沒有發出去吧？」

傅華點頭說：「還沒有，怎麼了，大記者？」

張輝激動地說：「我又查到源起有限責任公司一項新的貪腐行為，你沒發出去的話，我正好把這件事補充進那篇報導裏，這會讓那篇報導更有力度的。」

看張輝投入的樣子，傅華真是有些慚愧，張輝是真的想要去揭發弊案，而他卻是利用張輝來打擊對手而已。而且因為楊志欣跟董某某已經達成默契，他還要結束對杜靜濤和源起公司的調查。

傅華打開保險箱，將那些證據和報導拿了出來，遞給張輝說：「大記者，這些都還給你吧。」

張輝說：「不用還給我，我只要把報導拿回去修改一下，把新的證據補充進來就行，然後你就可以拿去發表了。」

傅華一臉尷尬地說：「大記者，你沒聽懂我的意思，以後我不再插手這件事了。」

張輝愣了一下，詫異地說：「怎麼，對方威脅你了？」

傅華歉疚地說：「不是，我朋友覺得壓力太大，不想再操作這件事了。對不起啊，大記者，讓你做白工了，回頭我請你吃飯做補償吧。」

張輝不滿地說：「你的朋友怎麼能這樣啊，這不是虎頭蛇尾嗎？」

傅華嘆說：「畢竟對手太強大了，有些啃不動啊。」

張輝聽了，熱血地說：「董某某確實是很強大。不過傅華，我越查下去，越覺得他的問題很嚴重，足可堪稱是未爆的核彈級內幕了。董某某的做法對國家的政治體系破壞極大，我們不應該就此罷手，應該把他揪出來，加以剷除才對。」

傅華看張輝想要深究到底，不由得就有些後悔不該把張輝牽涉進這件事中，便好言勸道：「大記者，算了吧，有些事不是我們能夠管得了的，你就當我沒跟你提過這件事好了。」

張輝看了傅華一眼，有些不高興的說：「傅華，我們不能這個樣子啊，我們都是國家的公民，有責任維護國家的利益。如果大家見到這種事都選擇明哲保身的話，那國家的財產就會被董某某這樣的宵小之輩給瓜分了，這個國家也就完蛋了。」

傅華無奈地說：「這些大道理我也懂，可是大記者，你要怎麼去管啊？你連這篇報導都發表不出去。」

張輝瞪大了眼睛，說：「發表不出去，我就直接向相關部門舉報，哼，我就不信那些高層領導看到董某某這麼明顯的違法事實會不聞不問。」

傅華見張輝較起真來了，苦勸說：「大記者，我真有些後悔把你帶進這件事情裏來，我勸你還是放棄吧，這件事情實在太危險了，我擔心你如果真的觸及到董某某核心的利益的話，他會對你下毒手的。」

「好了，」張輝看著傅華說：「傅華，我知道你是在擔心會遭到董某某的打擊報復，行，你怕你就退出好了，我自己繼續查。」

張輝說著，就拿起傅華還給他的那些資料往外走，傅華想要留住他，但是張了張嘴，還是沒有說出要張輝留下來的話，就這麼滿心沮喪地看著張輝離開，而他剛剛因為跟董某某達成默契、獲得暫時和平而感到的喜悅，此時已經蕩然無存了。

第二章 欲望之火

冷子喬沒等傅華把話說完，
就捧起傅華的頭，用香唇封住了傅華的嘴，
傅華立時嗅到一股年輕少女沁人心脾的青春氣息，
這股氣息讓他眩暈，讓他迷醉，
他心底克制了很久的欲望之火，頓時熊熊燃燒了起來。

週六，傅華和冷子喬一起接了傅瑾，在公園裏玩耍。冷子喬和傅瑾玩得十分投入，傅華卻坐在一邊，沒有加入他們當中，此時他的心情不是很好，他還在想著昨天張輝跟他說的那些話。

過了一會兒，傅瑾跑到傅華身邊，伸出手去摸傅華的眉毛。

傅華笑笑說：「誒，小瑾，你幹嘛摸我的眉毛啊？」

傅瑾童言童語地說：「子喬姐姐讓我這麼做的，她說你現在心情不好，眉頭都皺在一起，讓我過來把你的眉毛給推開，這樣你的心情就會好起來了。爸爸，你現在的心情是不是就好多了？」

傅華笑了起來，點點頭說：「是啊，爸爸現在的心情好多了。」

傅瑾高興地說：「那我們一起去玩吧。」

傅華抱起傅瑾，走到冷子喬身邊。

冷子喬責備說：「傅華，你也太不應該了，既然陪小瑾出來玩，就該高高興興的，你坐在那裏耷拉著個臉，算是怎麼回事啊？」

傅華認錯說：「好，我錯了行嗎？我們一起玩吧。」

傅華就跟著冷子喬和傅瑾瘋玩起來，小孩子總是愛熱鬧的，看傅華陪他玩，顯得格外的開心，不時發出咯咯的笑聲。

一會兒，傅瑾突然走到傅華身邊，拉了一下傅華的胳膊說：「爸爸，我想跟你商量件事。」

傅華慈愛地說：「什麼事啊？」

傅瑾看了看冷子喬，懇求說：「爸爸，你讓子喬姐姐給我做媽媽好不好啊？」

傅華問：「小瑾，你為什麼這麼想啊？」

「媽媽不好，」傅瑾說：「媽媽不喜歡小瑾，她都不陪我玩，也不跟我聊天。子喬姐姐就不一樣了，每次我跟她在一起都玩得很開心。如果我能跟子喬姐姐住在一起的話，我一定會很更開心的。子喬姐姐，你做我媽媽好不好啊？」

冷子喬反問道：「可是小瑾，那樣你媽媽怎麼辦啊？」

傅瑾天真地說：「很好辦啊，讓媽媽去跟彼得叔叔一起住好了，反正他們經常一起出去玩，也不帶小瑾。」

傅華知道傅瑾會這麼說，可能是因為最近鄭莉跟她那個男朋友來往得太密切，冷落了傅瑾，就把傅瑾抱起來，開導說：「小瑾，不准這麼說媽媽，媽媽跟彼得叔叔一起出去不是玩，是有大人的事要處理，小瑾是個懂事的孩子，不應該為此生媽媽氣的。」

傅瑾有些不情願的哦了一聲，說：「我知道了爸爸，我不生媽媽的氣了。」

玩到中午，三人一起吃了飯，然後把傅瑾送回了鄭老家。

從鄭老家出來，冷子喬不禁說：「傅華，小瑾的話讓我聽了好心酸，你真的要跟你的前妻好好談談，她交男朋友歸交男朋友，也不該冷落小瑾的。」

傅華說：「她也不像你想得那麼差勁啦，她本來就跟小孩子不是那麼親近，小瑾是因為你對他好，有了比較，才會對我前妻有看法的。」

「這是什麼話，這還是我的錯了嗎？」冷子喬臉色沉了下來，白了傅華一眼說：「你們也不檢討一下自己，小孩子都是想要父母多陪他的，你們兩個倒好，你這個做爸爸的，成天想著工作，連週六出來玩都皺著個眉頭；那個做媽媽的更離譜，成天只知道陪男朋友，根本就忽視小瑾的感受，你們如果不喜歡小孩，當初就不要生他嘛。」

傅華被說得有點不好意思，說：「好，我認錯了行嗎？以後我會找時間多陪陪小瑾的，我也會跟我前妻好好談談這件事，讓她多關心關心小瑾。」

冷子喬哼了聲說：「這還差不多，你跟你前妻講，就說我說的，如果她不能好好照顧小瑾的話，乾脆把小瑾交給我照顧好了，我肯定會對小瑾很好的。」

傅華失笑說：「我知道你喜歡小瑾，不過你以什麼名義帶他啊？」

「什麼名義，」冷子喬說：「這還不簡單嗎，小瑾已經要我做他的媽媽了，那我就認他做乾兒子，乾媽照顧乾兒子，這個名義夠了吧？」

傅華見冷子喬對小瑾是真心的喜愛，發現自己也已經開始有些喜歡上這個風格特立、活潑風趣又有愛心的女孩子了。

週一，上午十點，東海省委馮玉清辦公室。

孫守義坐在馮玉清的對面，說：「馮書記，不知道省委現在有沒有考慮過接替姚巍山的人選啊？」

關於接替姚巍山的人選，這幾天讓馮玉清十分頭疼，姚巍山一出事，就不斷地有人來關心，跟她推薦接任海川市市長的人選，但是卻沒有馮玉清認為適合的人。

海川是東海省的工業大市，選擇市長不得不更慎重一些，她可不想再犯像上次選用姚巍山這個不當人選同樣的錯誤了。

馮玉清知道孫守義特別跑來她辦公室，一定是來幫曲志霞爭取市長寶座的，但是馮玉清始終認為曲志霞並不符合她想要的海川市市長的條件，便含蓄地說：「守義同志，關於新的海川市市長人選，省委現在正在醞釀中，海川對東海省來說是個相當重要的城市，因此省裏對市長的人選不得不格外的慎重，省委想選擇一個各方面都夠優秀的人才來擔任海川市市長，好進一步強化你們海川市的領導班子。」

聽馮玉清的意思，似乎是認為現任的海川市領導班子領導能力還有些欠缺，需要強化；也就是在暗示他，省委認為現有的成員中並沒有適合被任命為海川市市長的人，這也就意味著她打算要從外面調人來出任海川市市長了，那曲志霞自然也就沒機會上位了。

雖然馮玉清的意思表達得很明白了，但是孫守義還是有些不甘心，想要為曲志霞爭取一下，便說：「馮書記，我個人有點不成熟的想法，我認為曲同志在海川市做常務副市長已經有段時間了，對各方面情況都很熟悉，如果升為市長的話，馬上就能進入狀況，這對海川市的工作是很有利的。」

馮玉清有些不太高興，心說這個孫守義和曲志霞關係也太密切了，明知曲志霞不是她屬意的人選，還要強行幫曲志霞爭取，心中越發堅定不能讓曲志霞成為海川市市長，否則海川市就會完全被孫守義掌控了，她不想看到這種情形出現；她要用的是一個直接聽命於她，而非孫守義的人來做這個海川市的市長。

雖然心中很不高興孫守義強行向她推銷曲志霞的做法，但是馮玉清也不想過於去掃孫守義的面子，就委婉地說：「守義同志，志霞同志確實是個很優秀的幹部，你這個意見，省委會認真考慮的。」

孫守義又跟馮玉清彙報了一些海川市的工作，就告辭回海川了。

他剛在辦公室裏坐下來，曲志霞就找了過來。

曲志霞緊張地看著孫守義，問道：「馮書記是什麼態度啊？」

孫守義如實以告說：「馮書記的態度並不明確，只說省委會認真考慮我的意見。」

曲志霞聽了難免有些失望，她希望的是一個明確的結果，行還是不行，那樣她的心就不用像現在這個樣子，不上不下的懸在半空，這對她來說無異於是一種煎熬。

不過孫守義能夠幫她的也就到此為止了，曲志霞還是很感激地說：「謝謝您了，孫書記。」

孫守義為她打氣說：「不用客氣，我覺得我們一直配合得很好，如果我們倆搭班子的話，會更有利於工作的開展的。好了，曲副市長，你就不要有太多想法了，做好你的本職工作，我想省委會做出明確的選擇的。」

曲志霞點點頭說：「好的，孫書記。」

孫守義接著問道：「誒，你跟伊川集團那邊做過溝通沒有？」

曲志霞說：「我已經跟陸伊川聯繫上了，把這邊的情況跟他說了，要求他儘快回來處理。」

孫守義說：「那他怎麼答覆你的？」

曲志霞說：「陸伊川說他在香港有很多事情要處理，無暇分身，等事情處理完，他就會儘快回海川的。」

孫守義生氣地說：「什麼無暇分身啊，根本就是不想回來。那幾大銀行又是什麼態度啊？」

曲志霞說：「幾大銀行的意見基本上是一致的，鑒於伊川集團已經沒有履約能力，陸伊川又不回海川處理問題，紛紛說要追討已經發放的貸款，以減少損失。」

孫守義眉頭皺了一下，說：「他們打算怎麼追啊？」

曲志霞說：「他們準備向法院起訴。」

孫守義看了眼曲志霞，說：「如果起訴的話，海川市財政肯定是被告之一，那市政府準備如何來解決這個問題啊？」

曲志霞思考說：「為了減少損失，我傾向最好是能夠找人接手伊川集團這個項目，我已經讓市裏的招商單位開始尋找有意願接手的公司了。不過目前還沒有找到感興趣的人。」

孫守義發牢騷說：「現在這個狀況，誰還會對這個項目感興趣啊？這個姚巍山，真是害我們不淺啊。」孫守義想了一下，說：「還是多跟銀行溝通溝通吧，說服他們不要起訴，看看能不能找到其他的解決辦法。」

北京，下午三點，海川市駐京辦。

傅華正在辦公，有人敲門，門打開來，寧慧走了進來。

傅華愣了一下，說：「誒，您什麼時候回北京了？週六我跟子喬一起出去玩，她怎麼沒跟我說您回來了？」

寧慧笑笑說：「我是有急事，昨天臨時決定回來的，所以事先沒跟子喬和我姐姐說。看來你跟子喬發展得不錯啊，週末還會在一起玩。」

傅華說：「冷子喬很喜歡我兒子，週六就是去陪我兒子玩的。」

寧慧笑笑說：「這就是愛屋及烏了，子喬喜歡你，所以就連你兒子一起喜歡啦。」

傅華自嘲說：「我看她倒是更喜歡我兒子一些。請坐吧。您來找我有什麼事嗎？」

寧慧淡淡地說：「也沒什麼特別的事，就是辦事走到這裏，突然想到子喬跟我說過你的工作單位在這裏，就上來看看，誒，傅華，你這裏的環境很不錯啊。」

傅華並不相信寧慧是真的剛好走到這裏上來看看的，他總覺得這個女人身上有些什麼事情讓人看不透；特別是這個女人曾經是李凱中的情人，讓傅華感覺更加的複雜。

傅華謙虛地說：「還可以啦，誒，子喬他們已經知道您回來了嗎？」

寧慧說：「還不知道，我還沒來得及跟他們說。我這次是回來辦理一筆『走出去』貸款的事，急需補充一些資料。我一會兒就跟我姐姐她們聯繫，晚上你跟我們一起吃飯吧。」

「走出去」是現在政府大力支持的海外投資戰略，為了支持國內的企業走出去，相關部門會對走出去的企業提供一定額度的貸款支持，就稱之為「走出去」貸款。

不過通常能夠拿到這種貸款的，都是些國有的大型企業，用於收購外國重要的資源型資產。民營企業能夠拿到這種貸款的不是沒有，不過需要相當硬的關係才行，傅華猜測寧慧能夠拿到這筆貸款，一定是李凱中在背後幫她運作的。

傅華聽了，說：「我是沒什麼問題啦，不過您姐姐可不一定會高興跟我一起吃飯的。」

寧慧笑說：「傅華，這個你不用擔心，我姐那個人實際上面冷心軟，雖然她對你和子喬的交往還有些芥蒂，但是只要你跟她多接觸，讓她多瞭解你，她就會接納你了。好了，我打電話了。」

寧慧就打電話給寧馨，說定之後，跟傅華約了晚上吃飯的地點和時間，然後就說要先回去休息一下，告辭離開了駐京辦。

傅華繼續忙他的事，一會兒，他的手機響了起來，顯示的是一個陌生的號碼。

一個嗓音細聲細氣的男人在電話那頭說：「誒，你不要管我是誰，我打電話給你，主要是想提醒你一下，不要隨便去攙和別人的事，管得太多會不得好死的。」

傅華搞不清楚這個男人為什麼會莫名其妙的打這個電話給他，納悶地問道：「你究竟是什麼人啊？我又管了你什麼事啊？」

「你裝什麼糊塗啊，」男人惡狠狠地說：「你做了什麼事心裏清楚，我告訴你，這是我最後一次提醒你，如果你還不聽警告的話，我就會對你不客氣了。」

男人說完，匡的一下扣了電話，把傅華弄得一頭霧水。對方的語氣不像是惡作劇的樣子，但是他最近也沒得罪過什麼人啊。杜靜濤和董某某的事算是擺平了，齊隆寶也被有關部門控制了起來，睢才燾去了德國。那這個電話會是誰打來的啊？

晚上，傅華去了約定的飯店，冷子喬和寧慧寧馨已經到了。

冷子喬對傅華說：「誒，一會兒吃完飯，陪我去給小瑾買禮物吧。」

傅華說：「這沒來由的給他買什麼禮物啊？」

冷子喬說：「怎麼是沒來由啊，今天小瑾在電話上已經喊我做乾媽了，我這個做乾媽的總該給乾兒子買個禮物做紀念吧。」

「你還真的讓小瑾認你做乾媽啊？」傅華笑說。

冷子喬說：「當然啦，我說到做到。」

寧馨在一旁聽到了，臉沉了下來說：「子喬，你瞎胡鬧什麼啊？」

冷子喬說：「媽，我沒做錯什麼啊，你怎麼說我瞎胡鬧呢？」

寧馨責備說：「你一個女孩子還沒結婚，做人家的什麼乾媽啊！」

傅華緩頰說：「是啊，子喬，還是算了吧，好像確實不太好。」

冷子喬白了傅華一眼，說：「古時候還說女子無才便是德，女人不能拋頭露面呢，可是你看我媽，不但拋頭露面，還掌控那麼大的公司，手下的男員工好幾百人，比很多男人都有本事，那她這是不是也不對了？」

寧馨被說得有些哭笑不得，沒好氣地說：「嘿，你這孩子，怎麼說話的，我說這些可都是為了你好。」

「又是為我好，」冷子喬不耐煩地說：「你做什麼都是為我好，為了我好，你就不該一心撲在公司裏，從小把我扔給外公外婆帶了。」

寧馨鐵青著臉說：「你這孩子，怎麼就不知道媽媽的辛苦呢，我那不是為了賺錢養家嗎？我不把公司打理好，你吃的用的都從哪裡來啊？你知道我費了多少心思才把公司給撐到現在嗎？」

寧馨說著，委屈的眼淚在眼圈裏直打轉。

寧慧看到姐姐這個樣子，趕忙安慰說：「姐，你別這樣，子喬還是個孩子，不懂事。」又轉頭對冷子喬說：「子喬，還不趕緊給你媽道歉。」

冷子喬倔強的說：「我又沒錯，道什麼歉啊，她說這些是為我好，實際上根本就不是那麼回事。她做這些，根本就是為了她自己。」

寧馨被氣得身子顫抖起來，吼道：「冷子喬，你說話可要憑良心，我做這些怎麼是為了自己了？」

冷子喬毫不示弱的說：「你當然是為你自己了，你這個人個性太強，好像這世界什麼都應該按照你的意思去做，你一心撲在公司上，還不是為了滿足自己的事業心，卻把我和爸爸扔在一邊，根本就不考慮我們有多需要你在身邊。」

母女倆越說越嗆，互不相讓，傅華趕忙勸說：「子喬，你別對你媽這樣，她打理公司是很辛苦的。」

傅華本來是想做和事老的，沒想到寧馨絲毫不領情，衝著傅華吼道：

「滾一邊去，誰要你來做好人啊，要不是你，我們母女會鬧到這個地步嗎？」

冷子喬也衝著傅華嚷道：「你這個傻瓜，你去幫她說話幹什麼啊？她根本就不想讓我們交往，你做什麼她都不會高興的。」

寧馨生氣地叫道：「是，我就是不想你跟他交往，他離過兩次婚，又有孩子，你跟了這樣的男人根本就不會幸福的，我反對你跟他交往也是為了你好啊。」

「又是為了我好，」冷子喬不屑地說：「從一開始我就告訴你，我喜歡這個傻瓜。你呢，卻為了自己的面子，一再的給他臉色看，我告訴你，我就認定他了，你做什麼都拆不散我們的。」

「你……」寧馨控制不住怒火，抬手給了寧馨一記耳光。

「你居然打我，」冷子喬毫不畏懼的將臉湊了上去，挑釁地道：「來啊，你打死我好了。」

寧慧一把抓住寧馨的手，勸道：「姐姐，你這是幹嘛，子喬還是個孩子，你跟她生什麼氣啊。」

寧馨卻掙扎著想要甩開寧慧的手，叫道：「寧慧，你放開我，她哪裡還是什麼孩子啊，我今天非要好好的教訓她不可。」

這邊冷子喬也沒有善罷甘休，一邊一個勁地往前湊，一邊嚷道：「阿姨，你放開她，她想打就讓她打個痛快好了。」

寧慧招架不住兩人，只好對傅華嚷道：「傅華，你是不是真的傻了，這時候你還愣在那裏幹嘛，還不趕緊把子喬給拉走！」

看著冷子喬母女為他吵架，傅華走也不是，勸也不是，十分尷尬，此刻寧慧讓他把冷子喬帶走，倒是給了他一條出路，他趕忙過去拽著冷子喬就往外走。

冷子喬還掙扎著不肯離開，傅華手上加了把勁，硬是把她拖出了包廂。

傅華說：「我帶你換個地方吃飯吧，順便也讓你冷靜一下。」

冷子喬氣呼呼地說：「我現在一肚子氣，什麼東西都吃不下，帶我去你家吧，我想睡一會兒。」

「去我家？」傅華愣了一下，苦笑說：「子喬，我這時候把你帶回家不好吧，你媽如果知道了，一定會氣瘋的。」

「你個混蛋到底還是不是個男人啊！」冷子喬瞪著傅華吼道：「我都不怕，你怕什麼？」

「不是……」

「什麼不是啊，」冷子喬叫道：「我跟你說，你最好現在就趕緊帶我走，要不然我會恨你一輩子。」

傅華沒輒了，只好說：「行，我帶你走就是了。」

傅華就把冷子喬帶回笙篁雅舍的家，然後指著客房說：「今晚你就住在這間吧。」

冷子喬沒說什麼，就往客房走去。

傅華看冷子喬進了客房，趁機給寧慧發了封簡訊，告訴她，他將冷子喬安頓好了，讓她轉告寧馨不要擔心；寧慧回覆說知道了，讓傅華照顧好她。

因為這場爭執，傅華晚上幾乎沒吃什麼，他簡單地弄了點東西吃，然後窩在客廳的沙發上看電視。

過了好一會兒，冷子喬走了出來，說：「我睡不著。」

傅華看到冷子喬臉上被打的地方浮起了好幾條紅腫的指痕，不禁搖頭說：「你媽也是的，怎麼打得這麼狠啊？我去拿點冰塊幫你敷一下，能儘快的消腫。」

冰塊敷上去之後，冷子喬說：「果然好多了，誒，傅華，回頭你家的鑰匙給我一把。」

「不是吧，你還打算在這裏長住啊？」傅華看了冷子喬一眼，見冷子喬快生氣的表情，趕忙說：「行，我再多打一把鑰匙給你就是了。」

冷子喬說：「這還差不多，也不枉我為你挨這一巴掌。」

傅華正色說：「鑰匙我可以給你，不過，你還是先打個電話給你媽，讓她睡個安穩覺吧。」

冷子喬想了一下，說：「行，我打電話給她就是了。」

寧馨接了電話，著急地說：「子喬，你終於肯打電話來了，媽媽都急死了。都是媽媽不好，不該打你的，媽媽跟你說對不起。」

冷子喬也順勢認錯說：「媽，對不起，我也有些衝動，說了過頭的話，我也有錯。」

寧馨說：「你不生媽的氣就好，我很擔心你，你現在在什麼地方啊，我這就派車去接你回來。」

冷子喬說：「媽，你不用擔心我，我在傅華家，很安全的。」

寧馨聽了，立即有些不高興的說：「子喬，你一個女孩子怎麼可以隨便跑去男人家住呢，聽媽的話，趕緊給我回來。」

冷子喬反駁說：「媽，這怎麼是隨便呢，傅華是我男朋友，我住他家很正常啊。好了，我今晚就不回去了。很晚了，我和傅華都睏了，要休息了，再見吧。」

傅華心想不妙，冷子喬這麼說，等於是在告訴寧馨他們要同枕共眠了，寧馨不暴跳如雷才怪呢。

果然，寧馨聽到女兒的話，立即吼道：「你真是要氣死我啊，行啊，你翅膀硬了，可以不要媽媽了，那你就跟著傅華那混蛋去過日子好了，不要回來了。」說完，啪地一下掛了電話。

冷子喬不在意地聳了一下肩，說：「跟他過就跟他過，誰怕誰啊！」然後收起手機，回頭對傅華說：「你也聽到了，我媽已經同意讓我跟你在一起了。」

傅華失笑說：「好了，別跟她賭氣了，等過幾天消了氣，還是回去跟你媽和好吧。其實她也沒錯啊，對做母親的來說，是不太能夠接受我這樣的男人做女婿的。」

冷子喬哼了聲說：「接不接受是她的事，要不要跟你在一起是我的事。」接著又凝視著傅華說：「傅華，一個男人，應該要更有勇氣去面對內心的真實感受才對，喜歡就是喜歡，不要因為外在條件上的差別，就去拒絕喜歡的人。你要是真的覺得我跟你在一起受委屈的話，那就加倍的對我好，不就能夠補償我了嗎？」

傅華說：「可是子喬……」

冷子喬沒等傅華把話說完，就捧起傅華的頭，用香唇封住了傅華的嘴，傅華立時嗅到一股年輕少女沁人心脾的青春氣息，這股氣息讓他眩暈，讓他迷醉，他心底克制了很久的欲望之火，頓時熊熊燃燒了起來。

傅華一把將冷子喬攬進懷裏，緊緊地抱著她，同時舌尖挑開冷子喬的嘴唇，肆意地和冷子喬的丁香小舌糾纏在一起。迷醉中，兩人互相開始撕扯起對方的衣服，渴望撤掉兩人間的任何屏障，實現靈與欲的徹底融合。

一陣美妙的高潮起伏，讓他再次感受到久違的幸福。

第二天，傅華先起床做好早餐，然後叫冷子喬出來吃早餐。

吃著吃著，傅華突然想起一件事，便道：「誒，子喬，有件事我想問問你，是關於你阿姨和李凱中的事，他們現在怎麼樣了？」

傅華問起這個，是因為他想起了那天接到的那個讓他不要多管閒事的電話，他很懷疑這個電話與寧慧有關；寧慧剛從他那兒離開，他就接到那通威脅電話；在紐約也是這樣，寧慧來看過他之後不久，就有人闖進他的房間，翻看他的東西，傅華相信寧慧肯定與這些事有某種關聯。

冷子喬奇怪的看了傅華一眼，說：「你怎麼突然想起問這件事啊？你不會是看我阿姨漂亮，就想打她的主意吧？」

傅華解釋說：「我是遇到了一件怪事，昨天你阿姨到我那裏去，跟我聊了一會就離開了，然後我就接到了一通匿名電話，威脅我不要多管閒事。」

「什麼?!」冷子喬緊張了起來，說：「你說你接到威脅電話，有沒有報警啊？」

傅華搖搖頭說：「沒有，這種電話就是報警也沒用，警方也無法查到是誰打這通電話的。而且我聽得出來，那個人只想嚇唬嚇唬我而已，並不會真的把我怎麼樣的。」

「傅華，你怎麼可以這樣大意呢，」冷子喬責怪說：「你才被綁架回來沒幾天，這就好了瘡疤忘了疼啦？」

傅華笑說：「好了，我會多加小心的。先不談這個了，你先告訴我，你阿姨現在跟李凱中的關係究竟如何？」

冷子喬搖搖頭說：「這我怎麼知道，這個話題在我們家可是個禁忌，我媽最反感的就是她跟李凱中的交往，因此她從來不在我和媽媽面前談這個人的。」

傅華失望的說：「哦，原來是這樣啊。」

冷子喬好奇地說：「傅華，你在擔心什麼？你覺得打電話的人會對你不利嗎？」

傅華說：「我倒不是擔心自己，我擔心這幫傢伙的目標是你阿姨。」

冷子喬聽了說：「這樣啊，你有我阿姨的電話，為什麼你不直接問她呢？」

傅華無奈地說：「我問過她了，但是她在我面前裝糊塗，說她不知道這件事。」

冷子喬說：「也許這件事真的與她無關。你再想想，還有可能是因為什麼人嗎？」

傅華也無法確定一定與寧慧有關，他只是有所懷疑而已，並無直接證據，就笑笑說：「也許吧。」

第三章

可疑車禍

那輛吉普車在撞到寧慧的車後就加速離開了現場，
車牌也是假的。
警方懷疑這是一場精心策劃的謀殺，
因此要冷子喬和寧馨努力回想在事故發生前，
寧慧身邊有沒有什麼可疑的人物。
警方的說法證實了傅華的猜測。

吃完早餐，傅華就去駐京辦。

到快中午時，門被敲響了，寧慧推門走了進來。

「阿姨，你是為了子喬來的吧？」傅華招呼說。

寧慧看了眼傅華，狐疑地說：「你這傢伙，怎麼突然嘴甜了起來？以前你可從來沒叫過我阿姨的，老實交代，你昨晚是不是跟子喬發生關係了？」

傅華心想這個女人感覺還真是敏銳，一個稱呼上的改變，就讓她察覺到他跟冷子喬發生了什麼事。

不過傅華也不想隱瞞，事情既然做了，不如坦然面對比較好，就說：「阿姨，我和子喬都是成年人了，發生什麼也很正常啊。」

「唉，你們兩個傢伙啊，」寧慧埋怨說：「叫我說你們什麼好呢，傅華，你應該比子喬成熟的，這可倒好，直接就把她領回家去了，難道你就這麼迫不及待啊？」

傅華心裏大喊冤枉，你以為是我要帶她回家的啊，是她非逼我這麼做的。不過，傅華已經決定要跟冷子喬在一起了，覺得有義務維護冷子喬，便說：「阿姨，都是我不好。」

寧慧嘆了口氣，說：「哎，事已至此，我就是再責備你也沒什麼用了，好在這是子喬自己的選擇，以後你可得對她好一點，別欺負她，知道嗎？」

傅華心想：她不欺負我就不錯了！回說：「阿姨，您放心好了，我一定會盡力呵護她的。只是子喬媽媽那邊，能不能麻煩您幫我們解釋一下啊？我不想跟她的關係鬧得這麼僵，如果她可以原諒我們，我會帶子喬過去跟她道歉的。」

寧慧苦笑了一下，說：「傅華，這個我可幫不了你，倒不是我不願意幫你這個忙，而是我姐那個人很頑固，她絕不會這麼輕易就原諒你和子喬的。」

傅華不以為然的說：「不會吧，子喬可是她親生女兒，母女間能夠有多大的仇恨啊，我想只要給她一個臺階下，她就會原諒子喬了。」

寧慧嘆說：「看來你還是不瞭解我姐姐的個性啊，當初我跟她鬧翻的時候，她快兩年一句話都不肯跟我說，之後是在子喬的緩頰下，她才開始跟我說話的。傅華，這次你和子喬恐怕要做好打持久戰的準備了。」

「兩年啊?!」傅華有些撓頭了，他沒想到寧馨會這麼難說話，不禁苦笑說：「如果她真的不肯原諒我們的話，那也隨便她了，反正我一定會照顧好子喬的，絕不會讓她因為我受一點委屈的。」

寧慧欣慰地說：「看來在選男人這方面，子喬比我有眼光。」

傅華搖搖頭說：「你這個說法我不認同，就我而言，我覺得子喬應該選擇比我更好的男人。不過她既然選擇了我，我就該盡力去維護她，讓她過得快樂。」

「其實你這樣的男人才是我們女人最想要的，」寧慧頗有感觸地說：「我們並不奢望男人的條件有多好，長得有多帥，只希望他能疼愛我們，讓我們過得幸福快樂而已，偏偏這樣的男人卻很難找到啊。」

傅華忍不住說道：「阿姨，你這麼有感觸，是想起李凱中副主任了吧？」

寧慧神情怔了一下，隨即惱火地說：「子喬這丫頭真是被你迷昏頭了，什麼事都跟你亂講啊！」

傅華趕忙解釋說：「阿姨，你別生子喬的氣，她不是故意要講你的八卦的，是在聊天中正好說到您跟子喬媽媽翻臉的緣由，說她媽媽是因為反對你跟某位官員來往才和你鬧翻的，我恰巧認識李凱中，就被我猜到這個官員應該是李凱中了。」

寧慧看了傅華一眼，說：「傅華，你既然跟子喬在一起了，就算是我的晚輩，你不覺得作為晚輩，跟一個長輩探討這麼私密的事有些不合適嗎？」

傅華說：「您別誤會，我絕對沒有調查您隱私的意思，只是我遇到了兩件可能與李凱中有關的事，所以才想向您瞭解一下具體狀況的。一件我已經跟你講過，就是在紐約時，有人闖進我房間的事。第二件事，是那天你從駐京辦離開不久，就有一個男人打電話來，讓我不要隨便去攙和別人的事。」

寧慧連忙矢口否認說：「我不是跟你說了嗎，與我無關。」

傅華說話時，一直留意著寧慧的神情，雖然寧慧儘量想要表現得很淡定，但是她的嘴角還是不由自主的抽動了一下，顯示她的內心是很緊張的。

「對了，阿姨，那個打電話的男人細聲細語的，說話的腔調很像南方人的口音。您的朋友當中有沒有這麼一號人物啊？」傅華繼續追問道。

寧慧的嘴角又抽動了一下，顯然她知道這個打電話的人是誰，但是她卻搖搖頭說：「我印象中沒有這樣的朋友。再是傅華，你既然認識李凱中，就應該知道李凱中說話絕對不是細聲細語的，所以你懷疑這通電話與李凱中有關，並不成立。」

傅華這次卻再也不相信寧慧的話了，李凱中也不會傻到親自打電話來威脅他，便試探地說：「阿姨，您是不是遇到什麼麻煩了？」

寧慧搖頭，死不承認地說：「跟你說了，這件事與李凱中無關，我不知道究竟是什麼人打這個威脅電話的，你問我這些，根本就是找錯了對象。」

看寧慧慌亂的樣子，越發讓傅華相信這件事與寧慧有關，他看著寧慧說：「我有沒有找錯對象，您心裏應該比我更清楚。阿姨，我們現在也算是一家人了，如果您真的遇到麻煩的話，不妨直說，能幫你的，我一定會幫忙的。」

寧慧強力掩飾說：「你這個人怎麼這樣啊，我剛才不是說得很明白了嗎，這事與我無關。好了，我要走了，記住啊，要照顧好子喬。」

寧慧說完，就匆忙離開了傅華的辦公室。

傅華看著寧慧離去的背影，若有所思，他感覺寧慧和李凱中一定出了什麼問題，而且問題還很大。看寧慧對這件事諱莫如深的樣子，可能這件事並不能放到臺面上談，而且有人在暗地裏注視著寧慧的行蹤，是不是寧慧威脅到了某人的地位?!

這件事還真是有點複雜，既然已經被牽涉其中，傅華覺得應該想辦法先摸摸李凱中的底再說。想了想，他把電話打給安部長，安部長在秘密部門多年，肯定知道李凱中這個人的底細。

安部長接了電話，立即笑說：「傅華，你這傢伙還真厲害，居然利用我給你的資料把董某某給嚇退了，回頭你可要好好的謝謝我啊。」

傅華沒想到安部長即使退休了，還是這麼耳聰目明，笑說：「那您想要我怎麼謝你啊？」

安部長說：「這個嘛，我現在沒什麼想要的東西，這樣吧，等我想到了再跟你說吧。好了，你今天找我什麼事啊？」

傅華說：「我想問問您李凱中這個人，不知道您對他瞭解多少？」

「怎麼了？」安部長說：「不會是董某某在國資委那邊給你設置了什麼障礙吧？」

傅華愣了一下，安部長這麼說的意思是在告訴他，這個李凱中是董某某的人，隨即恍然，當初董某某在設計讓監察部帶走他的計畫中，為什麼能夠讓國資委調動倪氏傑的職務了。有了李凱中這個內應，再加上董某某在外邊施加的壓力，國資委也就不得不同意挪動倪氏傑的位子了。

傅華說：「並不是與董某某有關，而是李凱中跟我有些私人的衝突，所以我才想多瞭解他一下的。沒想到李凱中還是董某某的人啊。」

安部長說：「其實嚴格講，李凱中不能算是董某某的人，他並不是董某某一手提拔起來的。在成為國資委副主任之前，他的履歷表上跟董某某基本上沒什麼交集。」

傅華聽了說：「那也就是說，是在他成為國資委副主任時，他們才有了聯繫？」

安部長說：「對，當時高層對李凱中適不適合出任國資委副主任存在著嚴重的分歧，因為在進行人格評議時，國資委的一些同志對李凱中的評價相當低，有人說他包養情婦，道德敗壞，不但不應該被提拔，反而要加以處分才對。」

傅華猜想這個包養的情婦可能就是寧慧了。詫異地說：「這傢伙在單位的人緣這麼差啊？」

安部長說：「是啊，一些老同志對他相當有看法，而他最終能夠順利當上這個國資委的副主任，原因就在這時候董某某很令人意外的站出來支持他，說什麼不要對能做事的人求全責備，那些反對李凱中的聲音就被壓制了下去。」

傅華不解地問：「為什麼您說這個很令人意外啊？」

安部長說：「因為在此之前，他們基本上是沒什麼聯繫的，董某某也從未在公開場合談論過李凱中，他突然出來支持李凱中就很蹊蹺了。其中有很多的傳言，傳得最多的就是李凱中為了拿下國資委副主任這個位子，通過中間人向董某某行賄了三千萬。

「三千萬！」傅華驚訝的說：「李凱中從哪裡弄這麼多錢啊？」

安部長說：「他以前在大型國企任職，還做過那家企業派駐美國的商務代表，撈錢的機會還是有的。當然，三千萬也只是傳言，並沒有證據。」

傅華聽了說：「我想這絕對不是空穴來風的。」

安部長笑笑說：「是不是空穴來風不清楚，不過可以肯定的是，董某某跟李凱中關係並不親密，李凱中出任國資委副主任後，董某某對他就再也沒什麼提攜的舉動，因此董某某那次站出來支持李凱中，完全是一樁買賣，雙方銀貨兩訖，也就再無瓜葛了。」

傅華思索說：「照您的說法，這個李凱中應該沒什麼太大的根基啊。」

安部長說：「應該是這樣，他算是有點辦事能力，搞經營很有一套，他管理的部門都相當賺錢，這才進入高層的視線。在國營企業中，除了壟斷性的少數部門，其他大多是不賺錢的，李凱中這樣的人才自然很受領導看重。」

傅華諷刺說：「恐怕他往自己口袋撈錢的本事也不小吧？」

安部長見怪不怪地說：「這也是難免的，人都有私心，像李凱中這樣管理大宗資產的人，難免會想辦法往自己口袋裏撈錢的。」

東海省委，省委書記辦公室。

馮玉清正在跟常務副省長曲煒談話。馮玉清主要是想就誰出任海川市市長徵詢一下曲煒的意見。

「老曲啊，你是從海川市出來的，你覺得目前在東海省，誰比較合適出任海川市市長啊？」

曲煒沉吟說：「就我個人的看法，我覺得通陽市的趙公復同志很合適。他從團省委去通陽市的這幾年，把通陽市搞得有聲有色，我覺得可以再給他加加擔子。」

通陽市也是東海省的一個地級市，不過經濟規模相對海川小很多。趙公復原來是呂紀做東海省委書記時的團省委書記，是呂紀一手提拔起來的。

馮玉清思索了一下，點點頭說：「行啊，老曲，回頭讓組織部門考察一下，沒什麼問題的話，就讓他試試吧。到時候你這個海川市的老市長，可要多給他提供一些幫助啊。」

曲煒立即答應說：「我一定會的。」

晚上下班，傅華回到家，一進門，冷子喬就撲進他的懷裏，說道：「你可回來了，一整天在家真是悶死我了。」

「怎麼，你現在後悔啦？」傅華打趣說。

冷子喬哼了聲說：「我做事從來都不後悔的，只是一下子離開了熟悉的環境，也不能回去工作，我心裏有些難受。」

雖然冷子喬說她不後悔，但是傅華還是可以感覺得到冷子喬有些惆悵。便試探著說：「子喬，要不我陪你去你家，跟你媽認個錯？」

冷子喬搖搖頭說：「沒用的，就算跟我媽認錯，她那個脾氣也不會原諒我們的。好了，傅華，你不用為我擔心了，我的適應能力很強的，我相信我很快就能適應這種生活了。」

「不行，我不能讓你這樣下去。」傅華說著，拿出手機開始撥號。

當初他不願意碰冷子喬，也是怕把生活搞得太複雜。但是人算不如天算，繞來繞去，他還是被冷子喬給繞了進來，不得不面對現在這種複雜的生活。

冷子喬看了傅華一眼，說：「你這是打給誰啊？我可不准你打給我媽去求她。」

傅華說：「不是，我是打給胡夫人，要胡夫人幫我約你媽出來，跟她好好談談。」

胡夫人聽了傅華的來意，責備說：「傅華，你真是太欠考慮了，怎麼可以把子喬帶回家呢？你這不是火上澆油嗎？你和子喬做的事實在是太過分了，我不確定她會不會跟你見面的。」

傅華央求說：「您就幫我們問問吧，子喬和我都很希望能夠得到她的原諒。」

幾分鐘後，胡夫人的電話打了過來，說：「傅華，不好意思啊，這個忙我幫不了你。她說你們倆都是成年人了，有權利自由交往，她不該對此橫加阻攔的。既然錯的是她，那你說的道歉什麼的就沒必要了，她也不想跟你見面，以後子喬的事她都不管了，隨便你們愛怎樣就怎樣吧。」

傅華莫可奈何地說：「還真被你猜中了，你媽不肯跟我見這個面。」

「不見就不見！」冷子喬賭氣說：「別管她了，傅華，乾脆我們明天就去登記結婚，我還不信她不理我們，我們就過不好了。」

傅華正想繼續勸慰冷子喬時，他的手機卻響了起來，是羅茜男的號碼。這時候羅茜男來湊什麼熱鬧啊，他還沒有想好要怎麼跟羅茜男講他和冷子喬的事呢；他很怕這件事會傷害到羅茜男，畢竟他和羅茜男有過共患難的革命情感，並非只是男女之情那麼簡單。

傅華想專門找個時間去跟羅茜男談這件事，於是接通電話說道：「對不起，我在跟朋友談事情，不方便接聽你的電話，回頭我再打給你吧。」然後也沒等羅茜男回答，就掛了電話。

吃完飯，冷子喬就開始上網找朋友聊天，看冷子喬沉醉在網路中，傅華就去客廳，拿出手機打給羅茜男。

羅茜男接了電話，哼了聲說：「傅華，現在長本事了，居然扣我的電話啦。」

傅華不好意思地解釋說：「剛才是不方便接你的電話，誒，你找我什麼事啊？」

羅茜男說：「我是想問晚上你要不要過來。」

傅華抱歉地說：「今晚不過去了。」

羅茜男哦了一聲，說：「那明天你來豪天集團吧，杜靜濤把他手中的股份轉讓給一個叫做徐悅朋的人，這個徐悅朋說要跟你見見面，瞭解一下豐源中心和天豐源廣場的情況，我就約了他在豪天集團見面。」

「這個徐悅朋是什麼人啊？」傅華問。

羅茜男說：「我查了一下他的底，他也是個做房地產開發的，在北京開發過幾個項目，算是個正經的商人。他接手杜靜濤的股份，可能也是看中了豐源中心和天豐源廣場這兩個項目的發展前景。」

「那行，明天上午我去你那裏。」傅華答應了。

第二天，傅華把駐京辦的事處理了一下，就去了豪天集團。

傅華比約定的時間提早到了一個小時，羅茜男訝異地說：「你怎麼這麼早就來了？」

傅華遲疑了一下，說：「茜男，我遇到了一個女孩子。」

羅茜男臉色稍稍變了一下，不過隨即就恢復正常，笑笑說：「這麼快就找到新的女人啦？怎麼，你很喜歡她嗎？」

傅華尷尬地說：「我也說不清楚對她是什麼感覺，她還是個小女孩，對她說不上很喜歡，只是不討厭。」

羅茜男灑脫地說：「我明白你的意思了，男人總是逃不過青春美妙的胴體吸引吧？沒關係，我能理解，你跟我說這些，是想告訴我，我們之間結束了嗎？」

傅華看了羅茜男一眼，說：「茜男，如果我不想跟你結束，你會不會覺得我很沒品啊？」

羅茜男不禁說道：「你倒是很貪心啊，我不在乎，隨你吧，你如果不想結束就不結束好了，我一開始就說了，我不會跟你走入婚姻，所以也不會阻止你去追求別人的。不過，你可要確定能搞得定你的小情人，可別讓她因為吃醋跑來跟我鬧事。」

說話間，跟徐悅朋約定的時間到了，徐悅朋準時而來。

看到徐悅朋，傅華有些意外，因為徐悅朋比他想像中的年紀要大得多，看上去應該在五十歲以上。

徐悅朋相當和氣，跟傅華握了握手，說：「久仰了，傅董。」

傅華沒忘記徐悅朋是從董某某那一線過來的人，沒有放鬆警惕，說：「徐董客氣了，以後大家就要在一起合作，還請多多關照。」

寒暄過後，傅華就簡明扼要的說明了天豐源廣場和豐源中心現在發展的狀況，徐悅朋大為稱讚說：「不錯啊，傅董，你能把這兩個有名的爛尾項目運作的這麼好，真是令人佩服啊。」

傅華說：「是朋友肯幫忙而已。徐董，您對項目的發展有什麼看法或者好的建議嗎？」

徐悅朋笑笑說：「您已經做得很好了，我今天約你見面，只是想瞭解我花這麼多錢究竟買到了什麼，並不是來挑什麼毛病的。現在我想瞭解的都瞭解到了，對目前的狀況我很滿意，希望傅董再接再厲，多幫我賺點錢。」

傅華說：「徐董請放心好了，這個項目，熙海投資占了大頭，就算是為了我自己，我也會盡力把它給運作好的。」

又聊了幾句後，徐悅朋就離開了。

羅茜男問道：「你對這個人怎麼看？」

傅華研判說：「現在還不好說，這個人表現得很溫和，也暗示他買下豪天集團的股份並無惡意，盡力的想要消除我們對他的戒備心理。現在兩種可能性都有，要麼他是真心想要跟我們合作；要麼就是想讓我們放鬆對他的警惕，好算計我們來個狠招。」

羅茜男苦笑說：「就我們最近遇到的這些事而言，我認為這傢伙想真心合作的可能性不大，更多的是是想算計我們。」

傅華說：「我也是這麼認為，如果真是那樣的話，這傢伙就是隻笑面虎，我們更要提防他一些才是；尤其是豪天集團的一些商業機密最好是少讓他知道為妙。」

羅茜男點點頭說：「這我知道。」

這時，傅華的手機響了起來，羅茜男大方地說：「趕緊接吧。」

冷子喬說：「你現在在哪裡啊？在駐京辦嗎？」

傅華說：「我在外面辦事，你問我在哪裡想幹嘛？」

冷子喬說：「我想去駐京辦轉一轉，誒，你什麼時間回駐京辦啊？」

傅華說：「過一會兒吧，我會回駐京辦吃午餐。」

冷子喬聽了，說：「太好了，我正想著午餐去哪裡解決呢，你等我，我一會兒就去駐京辦，到時候我們一起吃午飯吧。」

傅華便離開豪天集團回到駐京辦，一個多小時後，冷子喬穿著一身嶄新的女裝出現在傅華面前。傅華就帶冷子喬到海川風味餐館去吃飯，一路上，冷子喬都是挽著傅華的胳膊，身體依偎著傅華，彷彿是在向大眾宣告她的身分似的。

正當吃得高興的時候，冷子喬的手機響了起來，看了看號碼，說：「是我阿姨打來的，也不知道她找我幹什麼。」邊說著，邊接通電話說：「誒，阿姨，我在跟傅華吃飯呢……」

「對不起，小姐，」一個男人的聲音說：「我不是你的阿姨。」

冷子喬愣了一下，說：「那你是誰啊，怎麼會拿著我阿姨的手機？」

男人說：「我是醫院的醫生，這支手機的主人遭到車禍，被送到我們這裏，搶救前她叫了你的名字，我們就從她的手機裏找到你的電話，希望你能儘快趕來醫院。」

「車禍？」冷子喬驚叫一聲，說：「她的情況怎麼樣了，有沒有生命危險啊？」

醫生說：「目前她還在急救中，狀況有待觀察。」

冷子喬心急地說：「我馬上過去。」

傅華和冷子喬立即趕去醫院，寧慧還在手術室裏沒有出來。

冷子喬慌張地看著傅華說：「怎麼辦啊，傅華，我阿姨會不會搶救不過來啊？」

傅華抱了抱冷子喬，安慰她說：「不會的，子喬，你阿姨一定會吉人天相的。」

冷子喬帶著哭聲說：「那怎麼搶救了這麼久還沒出來啊？」

傅華說：「可能手術比較麻煩吧。你要有耐心，再等一會兒就好了。誒，你趕緊打個電話給你媽，告訴她你阿姨出車禍的事。」

冷子喬撥了寧馨的電話，寧馨沒有接，冷子喬只好發簡訊告訴寧馨，不一會兒，寧馨打來了，冷子喬哭說：「媽，阿姨出車禍了，現在還在手術室裏搶救呢，你趕緊過來吧。」

寧馨說：「我已經在路上了，你先別慌，告訴我究竟怎麼一回事，你阿姨的情況嚴不嚴重啊？」

冷子喬哽咽說：「究竟怎麼回事我也不知道，是醫院打電話給我，說阿姨出車禍的。我到的時候，醫生正在急救，他們不讓我進去，所以不知道阿姨的具體情況怎麼樣。」

寧馨說：「行了，我知道了。」

半小時後，寧馨快步走了進來，冷子喬趕忙迎上去說：「媽。」

寧馨白了冷子喬一眼，說：「醫生說你阿姨情況怎麼樣？」

冷子喬說：「只說在搶救，一直沒有進一步的消息。」

傅華走到寧馨的面前，打招呼說：「阿姨。」

寧馨惡狠狠地瞪了傅華一眼，毫不客氣的說：「誰是你阿姨啊，給我滾一邊去。」

冷子喬就有些急了，說：「媽，你怎麼可以對傅華這樣啊？」

寧馨崩潰地吼道：「我女兒跟人家私奔，妹妹又生死不知，我還能對他怎麼樣啊？」

傅華知道此刻寧馨心情不好，就對冷子喬說：「我留在這裏也幫不上什麼忙，只能添亂，還是先回去好了，你阿姨有什麼情況或者需要我做什麼，你再打電話給我吧。」

冷子喬知道傅華說的是實情，就說道：「好吧，你先回去吧，有事我打電話給你。」

傅華離開醫院，上車時，對司機王海波說：「小王，今天開車警覺點，要特別留意有沒有車子在身後跟著我們。」

王海波說：「怎麼了，傅董，您覺得有人要對我們不利嗎？」

傅華說：「我覺得子喬的阿姨出這場車禍有些蹊蹺，還是小心點。」

傅華想到那個匿名男子打來的威脅電話，讓他本能的聯想到這場車禍與這個匿名男子有關。寧慧一定是惹到了什麼惹不起的人物，對方為了滅口，這才製造車禍對寧慧痛下殺手的，很難說他在不在對手的滅口名單上。傅華覺得還是小心為妙。

好在一路上倒還平安。回到駐京辦，傅華打電話給冷子喬，問寧慧的情況，冷子喬說寧慧還沒出手術室，不過醫院已經報警了，有警察過來詢問車禍的情況。

據警方說，調閱路段的監控資料後，查到車禍發生的具體情形，當時寧慧開著車正要變換車道時，身後一輛吉普車突然加速，將寧慧的車撞回原車道，接著就發生了好幾輛車連環相撞的事故，寧慧的車因為位於事故的中心部位，受到的撞擊最重。

至於那輛吉普車，在撞到寧慧的車後就加速離開了現場，監控拍下來的車牌也是假的。警方懷疑這是一場精心策劃的謀殺，因此要冷子喬和寧馨努力回想在事故發生前，寧慧有沒有什麼異常的情況，或是身邊有沒有什麼可疑的人物。

警方的說法證實了傅華的猜測，這場車禍果然是有人蓄意製造的，只是現在還無法確認背後的主謀是不是李凱中。

下午，冷子喬打電話來，說寧慧已經從手術室裏出來了，不過還在昏迷中，需要在加護病房繼續觀察治療。傅華就去醫院，寧馨在寧慧被推出急救室後，有事回公司了，只有冷子喬焦灼的等在加護病房外面。

傅華問道：「子喬，醫生說你阿姨什麼時候能醒過來啊？」

冷子喬心慌意亂地說：「醫生說不一定，要看阿姨的身體情況，可能很快就醒過來，也可能……傅華我好怕，要是阿姨醒不過來怎麼辦啊？」

傅華安撫說：「別自己嚇自己，阿姨一定會沒事的。對了，警方有沒有進一步的消息啊？」

冷子喬搖搖頭說：「那些警察來給我和媽媽做了筆錄後就離開了，他們有沒有進一步的消息我也不知道。」

「那我找人問一下好了。」

傅華就打電話給萬博，讓萬博幫忙詢問一下這個案子的進展。

半小時後，萬博回報說：「這個案子並沒有什麼突破性的進展，目前警方正在盤排查北京所有的吉普車，還沒有發現什麼車有肇事嫌疑。」

傅華憂心地說：「萬隊長，這輛車恐怕很難找到，對方應是蓄意已久，他們不一定會使用本地的車，很可能是從外地來的車。」

萬博聽了說：「如果是這樣的話，那要查的範圍就大了，這輛車恐怕很難找到了。誒，傅華，我還沒問你，你跟這個寧慧究竟是什麼關係啊？」

傅華說：「他是我女朋友的阿姨。」

萬博說：「既然你跟她有這層關係，那你知不知道寧慧究竟是惹到了什麼人啊？」

傅華說：「具體的情形我不清楚，只是聽我女朋友說過，寧慧和國資委副主任李凱中關係密切，還有，前天寧慧來駐京辦看我，之後就有一個說話細聲細語的傢伙打電話給我，威脅我不要瞎摻合別人的事，我猜這通威脅電話很可能與寧慧有關。萬隊長，如果從這方面入手，案子也許能夠獲得突破性的進展。」

萬博聽了說：「這些線索我會跟經辦人說，讓他們去接觸一下李凱中，看看能不能查出點什麼來。誒，傅華，對方既然威脅過你，要不要警方對你採取一些保護措施啊？」

傅華說：「這倒不用了，我現在身邊帶著人的。」

萬博說：「那你自己小心了，如果有什麼進展，我會跟你說的。」

結束跟萬博的通話後，傅華便對冷子喬說：「警方正在全力搜查撞你阿姨的那輛車，不過看來找到這輛車的機會不大，眼前只好等你阿姨醒過來再說了。」

等了一個多小時後，寧慧終於醒了過來，不過醫生說要觀察二十四小時才能確定究竟能不能渡過危險期，目前還不宜探視，兩人只好耐住性子繼續等待。

第四章

老牛吃嫩草

「你有女朋友了？什麼樣的女孩啊，
快帶來給我們看看啊。」
傅華靦腆地說：「是個二十多歲的小女孩，
有空我會帶給你們看的。」
曉菲驚異地說：「才二十多歲，不錯啊，
傅華，老牛吃上嫩草了啊。」

海川市委，市委書記辦公室。

孫守義接到東海省組織部白部長的電話，白部長說：「守義，有件事跟你說一下，你們海川市新的市長人選出來了，是通陽市的市長趙公復。」

孫守義對趙公復出任海川市市長倒沒什麼排斥，孫守義跟他打過交道，彼此雖無深交，但也沒有惡感，他相信趙公復出任海川市市長的話，他們應該會相處得不錯的。

孫守義就說：「趙公復是個有能力的人，省裏選擇他來海川市做市長很英明啊，只是這下子曲志霞要失望了。」

白部長笑說：「曲志霞應該不會失望的，省裏這次對曲志霞也有安排，初步擬定讓她接趙公復的位子，出任通陽市的市長。」

孫守義心裏愣了一下，他沒想到馮玉清會將曲志霞調走，這等於是斷了他一條膀臂。馮玉清這個安排就有些耐人尋味了，她這是什麼意思呢，會不會是因為姚巍山出事而對他有所不滿呢？

孫守義雖然無法確定馮玉清這麼做是因為姚巍山，但是可以確定的是，馮玉清這麼做並不是出於什麼善意的安排。只是孫守義也沒有立場反對什麼，只好說：「這對曲志霞確實是一件好事，不過對海川領導班子而言，卻是很大的削弱啊。那省裏想要誰來接替曲志霞，出任常務副市長啊？」

白部長回說：「初步的決定是讓胡俊森同志出任海川市常務副市長。」

「這樣啊，省裏讓胡俊森出任常務副市長可就有些欠妥吧，他這個人個性太強，不善於跟人溝通，常務副市長卻是一個要幫助市長溝通各方關係的人物，胡俊森出任這個位置並不合適，您看能不能幫我否決掉這個安排啊？」

孫守義覺得胡俊森不夠圓滑融通，不好合作，就想反對讓胡俊森出任這個常務副市長。

白部長愛莫能助地說：「守義同志，這個安排我不好去否定，這是馮書記的建議。其實我倒覺得胡俊森做這個常務副市長，對你來說沒有什麼太大的妨礙，他如果不稱職的話，損害的應該是新市長趙公復的利益，所以你沒必要反對這個安排的。」

孫守義憂心地說：「雖然是這樣說，但是這會讓市政府進一步脫序，以後我想掌控海川市的局面會變得更加困難的。」

白部長勸慰說：「雖然可能會產生這樣的問題，不過你畢竟和胡俊森一起工作了一段時間，你更瞭解他的個性，以此善加利用，讓他為你所用也不是不可能的。」

白部長的話都說到這個份上了，孫守義也不好再說什麼了。

結束跟白部長的通話，孫守義的心情有些鬱悶，馮玉清的人事安排安全打亂了他原來的預想。搞得他這個市委書記在除掉姚巍山後，不但沒能強化對海川市的掌控，反而影響力被削弱了很多。

這個馮玉清究竟想要幹嘛啊？他不是已經跟她表明了願意投靠的態度了嗎，她怎麼還來針對他呢？孫守義想了半天也沒想出個頭緒來，就打電話給趙老訴苦。

趙老分析說：「這恐怕是你處理姚巍山的手法讓她起了戒心，她肯定覺得姚巍山在海川市長任上毫無作為，很大的因素是你這個市委書記在海川市太過強勢了，不對你加以控制的話，無論誰來做這個市長，都會重蹈姚巍山的覆轍的。」

「老爺子，姚巍山的倒臺是因為貪腐，與我可關係不大，馮玉清不能把責任歸在我身上的。」孫守義辯解說。

趙老說：「小孫啊，你沒有把這件事往深處好好想一想，年羹堯的故事你知道吧？年羹堯幫清朝平定了西北，有功於雍正，終其一生也沒有要反叛雍正，但是為什麼雍正還是羅織罪名把他殺了呢？就是因為他的功勞太大了，變得不可控制，雍正不得不擔心這傢伙如果投靠了敵人陣營會造成怎樣一個惡劣的局面。

「馮玉清現在做的，其實就是想要對你約束一下，不讓你的勢力在海川過於坐大，避免形成像年羹堯那樣尾大不掉的局面。這對你，對海川市來說，都是一個必要的措施，否則你的勢力萬一威脅到了省委對全省局面的掌控的話，馮玉清必然會想辦法把你從海川市踢出去。那時候，要麼是她抓到你的把柄，對你加以懲處；不然就是將你平調，或者給你一個明升暗降的虛職。我想這都不是你想看到的吧？」

孫守義心中一凜，無論兩個辦法當中的哪一個，對他來說都意味著仕途的終結，他當然不會想要這種結果。

趙老繼續說道：「所以馮玉清這麼安排也有利於你未來的發展，今後只要你願意被她掌控，她會給你適當的支持；如果你跟她的合作能夠順遂，她肯定會給你進一步上升的機會的。」

孫守義釋懷說：「我明白了老爺子。真是想不到馮玉清的權術玩得這麼嫻熟啊。」

北京，經過二十四小時的搶救，寧慧終於脫離危險期，從加護病房轉到了普通病房。

警方在得知寧慧醒來後，立即趕來給寧慧做筆錄。不過讓人失望的是，寧慧說她並不知道是誰害她的，她也不知道有什麼人想要對她不利。

警方雖然知道寧慧一定是隱匿了什麼事，勸她跟警方合作，但是寧慧還是堅持一問三不知的態度。警方也沒辦法，只好離開。

萬博知道這個情況後，給傅華打了電話，說：「傅華，你女朋友的阿姨這樣下去可不行啊，她不跟警方合作，警方怎麼能抓到凶手呢。而且她現在的情形很危險，如果凶手得知她在車禍中獲救的話，為了滅口，可能會採取更凶殘的手段對付她的。你能不能幫我們勸勸她，讓她跟警方合作啊？」

傅華為難地說：「恐怕我很難做到，她如果願意講的話，早就跟警方講了。萬隊長，我想這件事肯定與李凱中有關，你就沒從他那裏查到點什麼嗎？」

萬博說：「李凱中這種身分的人可不是我們警方敢隨便調查的，再說，你說的那些事完全是臆測之詞，我總不能跑去跟李凱中說：李副主任，傅華猜測你參與謀殺，請你跟我們回去接受調查吧。」

傅華質問說：「那你們警方就什麼也沒對李凱中做了？」

萬博說：「也不是，我們雖然沒接觸李凱中，卻對他做了一些調查，但是並沒有發現任何可疑的人和事。」

傅華說：「那打給我的匿名電話呢？」

萬博說：「我們也查了，對方的號碼沒有登記，所以無法確定打電話的人究竟是誰。傅華，這個案子不破的話，我們警方的壓力很大，我想寧慧一定知道是誰想要害她的，你就當幫我一個忙，幫我好好勸她一下。你跟她說，如果是擔心案子會曝光她的隱私的話，警方一定會盡力保守秘密的。」

傅華苦笑說：「我是可以再去幫你們勸她一下，不過能不能勸說得動，可就不好說了。」

萬博說：「你先不要管有沒有效果，試試再說嘛。」

傅華就去寧慧的病房，冷子喬和寧馨都在病房裏。

寧馨看到傅華，臉色頓時沉了下來，不高興地說：「你來幹什麼？」

病床上的寧慧虛弱地說：「姐，你別這樣子，他是來看我的。」

寧馨看了一眼寧慧，終究寧慧是個躺在床上的病人，她就是有一肚子不滿也不好發洩在寧慧身上，就說道：「反正我是不喜歡看到他，你好好休息，我回公司一趟。」就離開了病房。

冷子喬抱歉地說：「傅華，你別生我媽的氣。」

傅華搖搖頭說：「不會的，你累不累啊，要不我替你一會兒，你回去休息一下吧。」

冷子喬笑笑說：「不用了，我不累。」

傅華又轉頭看向寧慧，問道：「阿姨，你現在感覺好些了嗎？」

寧慧虛弱地說：「死不了啦，不過渾身都不對勁。」

傅華打氣說：「慢慢調養吧，相信您很快就會康復。阿姨，我想問您一件事。」

寧慧看了眼傅華，然後對冷子喬說：「子喬，你幫我去辦件事，去家裏幫我拿幾件衣服來，我身上穿的衣服都有味道了。」

等冷子喬離開病房，寧慧這才對傅華說：「我把子喬支走，是不想讓她知道太多事。傅華，你大概已經猜到我這次車禍的原由了吧？」

傅華點點頭說：「具體情形我雖然不是很清楚，但是我想李凱中一定脫不了干係。」

寧慧心痛地說：「是的，這場車禍肯定與他有關，想想我真是很失敗，一個我曾經那麼愛過的男人，今天居然想要置我於死地。」

傅華不禁說道：「阿姨，既然您知道車禍是李凱中指使人幹的，那為什麼警方問您的時候，您不直接指證李凱中呢？」

寧慧面有難色地說：「傅華，你不懂，我和他是一丘之貉，指證他也就是指證我自己，我可不想把自己給送進監獄去。」

傅華忍不住說：「阿姨，你可以告訴我這究竟是怎麼一回事嗎？」

寧慧點了一下頭，說：「我也想讓你知道這件事的來龍去脈，畢竟是我把你牽涉進這件事情中的，讓你知道事情經過，你也好做到心中有數。不過，你要答應我，幫我保密。」

傅華鄭重地點點頭，說：「好的，阿姨，我答應你一定幫你保密。」

寧慧娓娓說道：「事情的起因就是我跟你說過的那筆貸款上，貸款的金額是三千萬美金，用途是收購一家在紐約的公司，我在其中扮演的角色是仲介人，收取一定比例的傭金。那個打電話威脅你的男人叫做段勇新，他擁有一家集團公司，是這筆貸款的直接貸款人。

「這是一筆看上去很正常的收購生意，但實際上是李凱中精心設置的一場騙局。段勇新的公司根本就是一家空殼公司，沒有任何資產。被收購的那家紐約公司，也是一家瀕臨破產的公司，早已被我用極低的價錢暗地裏收購了。可想而知，這筆交易一旦完成，貸款的三千萬美金就會成為我、李凱中和段勇新三人的囊中之物。

「我們事先約好的分成比例是李凱中拿四成，我和段勇新各拿三成。李凱中之所以拿的比例比較高，是因為這筆貸款要他出面跟銀行打招呼才能批得下來。這筆交易本來進行的很順利，相關的手續都已經交給銀行，只要等貸款正式批下來就行了。但是這時候你出現了，你突然跑去紐約。我因為子喬的關係，要求我接待你，同時我也想看看這丫頭究竟選了個什麼樣的男人，所以我們約了見面。這本來是風馬牛不相及的兩件事，但是看在李凱中眼中，卻讓他起了極大的疑心，懷疑我跟你見面是有其他的意圖。」

傅華馬上就猜到李凱中是怎麼想的了，李凱中因為跟他存在著很深的矛盾，所以懷疑寧慧跟他的見面，存有不利於他的企圖，甚至認為他找寧慧是要收集對付他的證據。估計也是因為這個原因，才會有人闖進他的房間，翻查他的物品的。

寧慧苦笑說：「那時候我還不知道你跟李凱中有這麼深的矛盾，如果知道的話，我說什麼都不會去跟你見面的。後來你跟我說，有人闖進你的房間，我才覺得有些不對勁，就打電話給李凱中，問他是怎麼一回事，是不是派人在紐約監視我？李凱中接到我的電話，並沒有否認他安排人監視我，反而還質問我為什麼要跟你見面，問我跟你見面是不是想要背叛他？

「我對李凱中這麼不信任我，感到十分的生氣，罵他沒良心，我沒名沒分的跟了他這麼多年，他居然還懷疑我背叛他。沒想到他卻說我跟他這麼多年是我自己願意的，他又沒綁著我不讓我離開；而他找人監視我，是因為那三千萬美金的貸款關係到他的身家性命，不能有一點閃失，他必須確保參與這件事的每一個人都不出問題。

「李凱中的話讓我十分的寒心，我跟了他這麼多年，大好的青春都給了他，換來的卻是他對我的不信任，還說是我非要跟著他的。那時候我就想，完成這筆交易，拿到我應有的那份錢之後，就跟李凱中徹底地分開。哪知道李凱中根本就不給我這個機會，他無法消除對你的疑慮，就讓銀行把這筆貸款壓了下來。

「李凱中這麼做，讓我更加地惱火了，我不想就這麼白忙活一場，於是就趕回國內，跟李凱中見了一面，要求他儘快想辦法把這筆貸款批下來，然後把他那份分成也給我，作為我這麼多年跟他在一起的補償。李凱中堅決不同意，這時候我就想到了你，知道他對你心有畏懼，於是就告訴他，如果他不能滿足我的要求的話，我會把這些都告訴你，讓你向相關部門舉報他。李凱中迫於無奈，只好答應我。

「其後，為了讓李凱中相信我真的跟你關係不錯，我又去了一趟海川大廈跟你見面，還約你跟子喬和我姐姐一起吃飯。我相信李凱中既然在紐約都能找人跟蹤我，在北京更是會讓人跟著我的。我和你見面的情形，跟蹤我的人一定會告訴他的。」

傅華不禁苦笑說：「阿姨，您這麼做是可以讓他感到害怕，不過也會讓他對你更加動了殺機，真是有欠考慮啊。」

寧慧說：「我是有欠考慮，不過我真沒想到他會對我下這樣的殺手。」

傅華說：「如果這些事真的舉報給相關部門的話，他不但會葬送前途，還會被送進監獄。這樣的下場恐怕比殺了他還讓他難以接受，自然會想盡一切辦法阻止你的。」

寧慧懊惱地說：「好了傅華，你就別再說了，我心中已經是後悔得要命了。」

傅華說：「阿姨，前面這些事我們可以暫且放一放，現在有一個關鍵的問題，李凱中肯定不會就此甘休的，為了防止他採取進一步……」

「傅華，你別說了，」寧慧打斷了傅華的話，說：「我知道你想說什麼，我也知道現在我的處境很危險，但是我更不想被抓。李凱中騙貸的事從頭到尾我都參與了，我跟李凱中是共犯，李凱中被抓，我也跑不掉的。」

傅華勸道：「阿姨，你如果揭發他，算是自首，法官判刑時，一定會酌情減輕對你的刑罰的。」

寧慧搖頭說：「傅華，你不用勸我了，我可不想進監獄吃苦，一天都不想。如果你真的關心我，還是幫我想想如何保證我住院期間的安全吧。」

傅華想了想說：「安全方面應該很好解決的，李凱中畢竟不是窮凶極惡的歹徒，只要這期間你身邊有人，他就不敢對你怎麼樣的；問題是，這樣只是治標不治本，等你出院，身邊總不能時時都有人吧？」

「這你就不用擔心了，」寧慧說：「我出院後，馬上就會回美國，那時候，李凱中就會鞭長莫及的。」

傅華還想勸寧慧，這時卻有人敲病房的門，李凱中捧著一束鮮花走了進來。

看到傅華，李凱中厚臉皮地主動打招呼說：「傅主任，這麼巧啊，你也來看寧慧啊？」

傅華沒想到李凱中居然敢跑來看寧慧，衝著李凱中嚷道：「你這個混蛋來幹嘛，趕緊給我滾出去，這裏不歡迎你。」

李凱中皮笑肉不笑地說：「誒，傅主任，你怎麼這個態度啊，我跟寧慧可是很好的朋友，聽說她出了車禍，我當然要來探望一下她了。」

「傅華，你別這樣。你先出去一下，我有話要跟李副主任單獨談一下。」寧慧阻止傅華，說。

看寧慧堅持，傅華只好出去了。不過他不放心把寧慧單獨留在病房裏，就站在病房門口等著。

傅華剛出來一會兒，冷子喬就拎著一袋衣服回來了，看到傅華站在病房門口，些奇怪地問道：「傅華，你怎麼站在這兒啊？」

傅華說：「你阿姨在跟一個朋友說話。」

「什麼朋友啊？」冷子喬問道。

「李凱中。」

一聽是李凱中，冷子喬就火了，叫道：「這個混蛋居然還敢來，看我不教訓他。」

冷子喬說著，就握起拳頭要衝進病房去，卻被傅華拉住了。

傅華猜測，寧慧為了自身利益不肯檢舉李凱中的前提下，一定是要跟李凱中談交換條件，因此不想讓冷子喬闖進去打攪他們的談判。

「你攔我幹嘛?!」冷子喬瞪著傅華說。

傅華勸道：「子喬，你別這麼衝動，你阿姨既然想單獨跟李凱中談，肯定有她的理由，所以你不用管她。反正我們在門口守著，李凱中也不敢對你阿姨怎麼樣的。」

過了一會兒，病房門打開，李凱中臉上帶著笑容走了出來，顯然談的結果很令他滿意。他衝傅華和冷子喬點了點頭，然後就施施然的離開了。

傅華便和冷子喬去看寧慧，冷子喬忙問：「誒，阿姨，你剛才跟李凱中那個混蛋談了什麼啊？」

寧慧迴避說：「也沒談什麼，他問了問我的傷，然後讓我好好養傷。」

傅華心知寧慧說的不是真話，如果僅僅問病情，李凱中是不會笑著離開病房的，一定是寧慧跟李凱中達成了某種協議，李凱中才會表現得這麼友善。

冷子喬也不相信寧慧的說法，大抱不平地說：「阿姨，你是不是又被這個混蛋給忽悠了啊？」

寧慧瞪了冷子喬一眼，說：「你瞎說什麼啊，好了，大人的事小孩子不要管，你還是說說你跟傅華是怎麼打算的吧。其實我感覺你媽對你的態度已經軟化了不少，你和傅華在一起已經是事實了，她不想接受也得接受。現在關鍵是先讓她同意你回家，只要她同意你回家，後面的事也就好解決了。趁著你媽現在不好拒絕我要求的時候，我幫你求求情吧。」

冷子喬轉頭看了看傅華，說：「你的意思呢？」

傅華勸說：「你媽如果能同意讓你回家，那你就先回去吧，我們總不能跟她冷戰一輩子吧？」

冷子喬聽了說：「那好吧，如果我媽同意的話，我就回去。」

這時候，傅華知道他是無法說服寧慧揭發李凱中了，這無異是與虎謀皮，但是這是寧慧自己做出的選擇，他也無法強行改變，傅華就跟寧慧道別，離開了病房。

從病房出來後，傅華回電給萬博，說明這個狀況，萬博也無可奈何。

晚上，冷子喬打電話來，說寧馨已經同意讓她回家去了，所以晚上就不過來傅華這兒了，看著剛熱鬧幾天的笙篁雅舍再次變得冷清，傅華不禁有些孤獨，感傷了起來。

第二天，傅華正在駐京辦辦公，接到蘇南的電話，約他出來小聚，還說鄧子峰也會來。

「好啊，」傅華說：「有段日子沒看到鄧叔了，我也想跟他聚聚。」

鄧子峰到司法部工作後，傅華很少能跟他見到面。一來，鄧子峰交際的圈子自然以部級的官員為主，加上他一直忙於整頓部務，便抽不出時間跟傅華蘇南這些舊日的朋友聚會了。

蘇南又說：「還有，晚上我要給你介紹一位朋友，一位大美女啊，到時候穿得正式一點。」

傅華不好意思地說：「我現在有女朋友了，我們剛確定關係不久，還沒來得及跟你說。」

蘇南意外地說：「這樣啊，那今晚把她帶來吧，我看看是什麼樣的美女把你給迷住了。」

「今天恐怕不行，她阿姨出了車禍，她這幾天都在醫院裏面陪她呢，過些日子吧，我一定把她帶出來給南哥過目的。」

「那一言為定啦，」蘇南說：「不過，你還是要見見那個大美女的，這個美女不但長得漂亮，還很聰明，是屬於知性美女型的。誒，她也是北大畢業的，是你的校友哦。」

晚上，傅華依照約定的時間去了曉菲的四合院，蘇南和鄧子峰還沒到，傅華就先和曉菲聊起天。

「誒，曉菲，南哥說今晚要給我介紹個美女，真的假的？」

曉菲笑說：「南哥向來不騙人的，他要介紹你認識的女人，確實是個大美女。」

傅華笑說：「哎，我都說已經有女朋友了，他還非要我見見這個女人，也不知道他葫蘆裏究竟賣的是什麼藥。」

「你有女朋友了？什麼樣的女孩啊，快帶來給我們看看啊。」

傅華靦腆地說：「是個二十多歲的小女孩，有空我會帶給你們看的。」

曉菲驚異地說：「才二十多歲，不錯啊，傅華，老牛吃上嫩草了啊。」

「誰老牛吃嫩草啊？」蘇南這時走進四合院，插嘴問道。

曉菲笑說：「是傅華，他說他的新女友是個二十多歲的年輕小女孩。」

蘇南取笑說：「那還真是老牛吃嫩草啦，哎，這傢伙女人緣一向很好啊。」

傅華越發不好意思了，說：「南哥，你就別來笑話我了。」

說話間，傅華注意到跟在蘇南身後的那個女人，這應該就是蘇南說要介紹給他認識的人了，不得不承認，這個女人長得真的很漂亮，白皙的臉蛋，黑亮的大眼睛，挺直的鼻梁下，是一張微張粉唇的小嘴。

女人身上穿著一套剪裁得體的套裝，將她曼妙的身材展現得淋漓盡致，確實是那種令男人心動的女人。傅華暗自打量女人的年紀，猜測這個女人應該在三十上下。

蘇南看傅華盯著身後的女人，就笑說：「我就知道你一看到美女眼睛就會發直，來，我給你介紹，這位美女叫做邵依玲。小邵，這位就是我跟你說過的傅華。」

邵依玲伸出手來，熱情地說：「你好，我也是北大畢業的，政治系，你也算是我的師兄啦。師兄，我聽南哥說過很多你的事，對你仰慕已久。」

傅華跟邵依玲握了手，邵依玲的手握起來很軟，給傅華一種很舒服的感覺，不過，傅華卻覺得邵依玲不自覺地會透出一股威嚴的氣息，讓他不敢有任何的褻瀆之意。

傅華心說：難怪邵依玲長得這麼漂亮卻還沒有男朋友，她身上的這種女王氣息，會給男人強大的心理壓力，一般的男人還真承受不住的。

傅華不禁問道：「不敢當，冒昧請問，你是不是在哪個部委工作啊？」

傅華之所以這麼問，一方面是因為北大很多政治系畢業的學生都是進入各大部委工作；另一方面也是因為邵依玲透出的那種氣息，他判斷邵依玲的身分應該是某個部委的官員，而且級別還不低，因為那份優越感，是需要達到一定級別的官員才會有的。這時候，傅華也明白蘇南引薦這個女人給他認識，一定是有別的目的。

邵依玲笑笑說：「師兄真是好眼光，我現在在團中央宣傳部工作。」

傅華注意到邵依玲說的是「現在」，意味著她的工作最近很可能會有變動，聯想到海川市最近的人事調整，傅華猜測邵依玲很可能是要調到海川市了。蘇南引薦她，就是想要他在邵依玲去海川後，多給邵依玲提供一些工作上的支持，也就是說，這個邵依玲是屬於蘇老這一派系的人馬，而且還是派系重點培養的精英，不然也不需要蘇南和鄧子峰這兩個人親自出馬為她護航了。

傅華猜測邵依玲到海川市所要擔任的職務應該是副市長，因為高層不太可能讓一個沒有什麼地方工作經驗的人一下子就出任市長，她還要在副市長的位置上磨煉幾年，增加一些在地方上的工作經驗，然後才有可能走上更重要的崗位。

傅華稱讚說：「原來你是團派的幹部啊，政壇的未來之星啊。」

邵依玲謙虛地說：「也說不上是什麼未來之星了，我還有很多東西需要學習，所以以後請師兄多多指教了。」

傅華笑說：「指教我可不敢當，從級別上看，你是我的領導，我膽子再大，也不敢在領導面前指手畫腳的。」

「誒，傅華，你什麼時候變得這麼謙虛了？」鄧子峰這時走了進來，打趣說：「我怎麼記得你在我這個前省長面前可是侃侃而談過的，那時候你怎麼沒說不敢在領導面前指手畫腳啊？」

傅華尷尬地說：「鄧叔，您就別挖苦我了，那時候是您非要問我的看法，我是壯著擔子才敢講的，哪是像您說的是指手畫腳啊?!」

鄧子峰笑說：「好了，傅華，在座的都不是外人，你就別謙虛了。誒，你跟小邵應該互相介紹過了吧？」

傅華點點頭，笑說：「南哥說是讓我來相親的，其實南哥真是高看我了，像我這副德行又怎麼能配得上這麼出色的美女呢。」

鄧子峰搖搖頭說：「不錯啊，傅華，現在居然會在我面前裝蒜了，你是不是覺得我到了司法部之後，就變得老眼昏花了啊？」

傅華有些窘，鄧子峰這麼說是表示他已經看出來傅華知道蘇南安排的用意，趕忙說：「鄧叔，您誤會了，我不是故意裝蒜，而是我現在的重心都放在北京，海川的事已經很少參與，當然也就無法提供相對準確的訊息了。」

邵依玲聽了，隨即看向傅華說：「師兄果然是名不虛傳，我還沒說要去海川就職呢，你就已經猜到啦。」

傅華笑說：「什麼名不虛傳啊，這也沒什麼難猜的啊，你這麼優秀，顯然不是那種還要等人介紹男朋友的人，而我也配不上你，唯一我會讓人覺得還有點用的，可能就是我是出身海川這一點了，加上海川目前領導班子大調整，所以很容易就猜到了。」

邵依玲笑說：「什麼配得上配不上的啊，師兄不要這麼妄自菲薄，我可感覺你是個很有魅力的男人呢。」

傅華擺擺手說：「你還真是會說話。」

「好啦傅華，你是什麼樣的人大家心裏都很清楚，再謙虛下去可就是驕傲了。」蘇南笑笑說：「現在小邵已經確定要去海川任職了，她一直都在團中央工作，沒有地方上的工作經驗，你不管怎麼說也是在海川打滾多年的人，一定要多多指點指點她才是。」

邵依玲立即衝著傅華甜甜地笑說：「師兄，以後就麻煩你了。」

「指教不敢當，你去海川任職就是我的上級領導了，有什麼需要我做的事，吩咐一聲就是了。」傅華回道。

鄧子峰說：「傅華，你說小邵是你的領導，就是說你猜到她會去擔任什麼職務了？」

傅華說：「現在海川領導班子空出來的主要位置有兩個，一個是市長，一個是副市長，省裏不可能會同意一個沒有地方工作經驗的人去擔任市長的，那就只有副市長一個可能了。」

邵依玲大感佩服地說：「師兄，你的分析能力還真是強啊，我真的是要去出任海川市副市長的，分管工業。」

「這麼說你是接胡俊森的位置了，」傅華想了想，問道：「鄧叔，這表示海川的班子調整基本上已經定案了，您知不知道是誰出任市長啊？其他的人事又是怎麼安排的呢？」

鄧子峰說：「目前已經確定是由通陽市的市長趙公復出任代市長，曲志霞調任通陽市代市長，胡俊森則是出任海川市常務副市長。」

傅華聽了，不禁說道：「真是大洗牌啊，不過這個趙公復也是團派出身，跟邵副市長應該會有很多共同語言的，這倒是個對邵副市長很有利的一個安排。」

邵依玲不太習慣被稱作邵副市長，笑說：「師兄，你別叫我邵副市長了，我還不太習慣，你稱我一聲師妹或者小邵就可以了。」

傅華笑說：「恐怕你要盡快適應這個稱呼了，你一旦去海川任職，周圍的人對你的稱呼都會是邵副市長的。」

鄧子峰聽出傅華這麼說是不想太拉近跟邵依玲之間的關係，想想也是對的，一個美女上司和男下屬走得太近的話，一定會有很多的風言風語傳出來，這對邵依玲沒有什麼好處，就附和說：「是啊，小邵，傅華說得對，你要盡快適應你這個海川市副市長的新身分了。」又看了眼傅華，說：「傅華，小邵很快就要去海川任職了，你先來給她分析一下海川政壇目前的形勢，讓她好思考一下到了海川之後，要如何做才能站穩腳跟。」

傅華知道今天這個場面如果他不提出一些意見有些說不過去，也就不再推辭，說：「那我就談談我個人的一些看法，事先聲明啊，這只能作為參考，並不一定符合真實狀況的。」

邵依玲說：「師兄你就說吧，我會根據情況加以判斷的。」

傅華就說：「我先說市委書記孫守義這個人吧，他是個很有政治手腕的官員，算是目前海川的主宰者。那個被抓的姚巍山幾次想挑戰他的權威，卻始終技遜一籌，最終還是被孫守義給挑落馬下，因此你到了海川之後，要多尊重孫守義，不要試圖去挑戰他的權威。同時，孫守義把仕途看得很重，遇到什麼事，首先考慮的就是會不會妨礙到他的升遷，所以你做事的時候，首先要考慮到這一點，千萬不要在這方面惹到他，否則會遭到他極為嚴厲的打擊。」

邵依玲受教地說：「師兄，我知道了，對他多尊重，不要去傷害他的利益，他就會跟我相安無事了。」

傅華笑說：「對，他是個政治動物，萬事以升遷為重，只要你不損害到他的利益，他也就不會找你的麻煩。再來是市委副書記于捷，于捷是個志大才疏的人，有野心，幾次搞小動作想要跟孫守義爭奪位置，不過他的手腕實

在有限，幾次都敗北了。因此于捷跟孫守義互有心結，除非你另有企圖，否則不要跟他走得太近，免得被孫守義劃進對手的陣營，成為他打擊的目標。但是你也不能跟于捷太疏遠，他在政壇上也籠絡了一批人，他要是看你不順眼，想給你製造麻煩的話，也會成為你很大的阻礙，所以對這個人你要給予適度的尊重，至於這個分寸，就要你自己去掌握了。……」

傅華又對其他一些有分量的人物一一提出自己的見解，邵依玲聽完，大嘆說：「看來地方上的事務比團中央複雜得多啊。」

鄧子峰笑說：「小邵，傅華跟你講的還只是其中一部分，具體開展工作中要遇到的困難比他說的更加複雜。你可要做好心理準備。」

邵依玲笑笑說：「鄧叔您放心吧，雖然地方工作相對來說艱巨一些，但我有信心能夠克服困難，做好工作的。」

鄧子峰滿意地說：「你能有信心我很高興，不過你要注意幾點，首先，不要隨便攪入地方上的爭權奪利當中去，對你來說，無過就是有功。其次，不要爭強好勝，盡量不要去硬碰硬，激化矛盾。第三是如果遇到什麼困擾，就多打電話諮詢工作經驗豐富的人，比方說我，還有傅華，都可以給你提供很好的參考意見。特別是傅華，他雖然只是個駐京辦主任，卻是一個很好的幕僚人才，很多事他都有獨到的見解。」

說到這裏，鄧子峰轉頭看了眼傅華，說：「傅華，到時候小邵如果打電話向你求教的話，你可要盡心盡力的幫她啊。」

在傅華聽來，鄧子峰交代邵依玲的這幾條，都是要邵依玲明哲保身，看來邵依玲這次去海川的定位是鍍金，是要補上她基層工作這個缺陷，並不指望邵依玲做出什麼開拓性的政績。

這些大派系早就幫子弟兵規劃好升遷的路線，只要這些子弟能夠在地方上平安的度過任期，即使沒做出什麼政績，也會獲得事先安排好的升遷的，這也就是鄧子峰所說的無過就是有功的真諦了。

見鄧子峰扯上他，這種順水人情他還是會做的，便說道：「鄧叔，這不用您說，能幫上忙的地方我一定會幫的。」

第五章
高風險工作
傳華挑撥說：「那你豈不是虧大了？
你幹的是把腦袋別在腰帶上的高風險工作，
現在卻只拿了十五萬人民幣，
那個段勇新卻能拿到七千多萬，你心理能平衡嗎？
難道你不想讓段勇新再出點血嗎？」

傅華回到家，正準備上床睡覺時，手機響了起來，竟是曲煒打來的，趕忙接通了。

「您這個電話打來的正好，我也想跟您通個電話呢。」

曲煒說：「你不會是想向我瞭解海川市班子變動的事吧？」

傅華笑說：「我還真是想跟您聊聊這件事的，我今天跟鄧部長一起吃飯，他告訴我省委已經確定要怎麼安排海川市的班子了。」

曲煒聽了說：「鄧子峰動作還真快啊，他約你吃飯，應該是為了邵依玲吧？」

傅華說：「是啊，邵依玲也在場，她大概是蘇老正在大力培養的精英，鄧部長是為她保駕護航的，他想讓我在邵依玲到海川任職後多幫幫她。」

曲煒開玩笑說：「這下你可有豔福了，那個邵依玲的資料我看過，可是位大美女啊，鄧子峰既然開口讓你幫忙，你就盡力幫她吧。目前來看，這個邵依玲的前途看好，肯定不會止步於海川副市長這個位置的。你能跟她結下善緣，未來對你的發展也是有好處的。」

傅華說：「這我知道，我已經答應他們，能幫忙的一定幫的。誒，市長，您打電話來，是為了什麼事啊？」

曲煒笑笑說：「我也是想跟你聊聊海川班子變動的事，不過我想說的不是邵依玲這個美女，而是即將出任代市長的趙公復。這個人你熟悉吧？」

傅華說：「也說不上熟吧，我跟他沒有直接打過交道，只知道他是呂紀書記主政東海省時期的團省委書記，又是呂書記臨走前安排去通陽市做市長的，所以他應該算是呂書記的人了。」

曲煒說：「對，他是呂書記一手提拔起來的，我們算是同一派系，他出任海川市代市長，還是我向馮書記推薦的呢。呂書記對趙公復寄予厚望，還特別打電話給我，要我多支持他的工作。趙公復算是個有能力的人，他去了海川後，你要多支持他，可不要幫著孫守義出主意去對付他，知道嗎？」

傅華答應說：「好，我儘量少攙和他和孫守義間的事就是了。」

曲煒滿意地說：「這還差不多。對了，還有一件事我想瞭解一下，就是那個伊川集團的冷鍍工廠的問題。」

傅華聽曲煒問起冷鍍工廠，就知道曲煒的意思了。冷鍍工廠正陷入困局中，可以說趙公復接任的時機並不好，一上任就得接手這個爛攤子。雖然趙公復無需為此承擔直接責任，但是如果他不能妥善解決的話，會讓省委覺得他在解決問題方面的能力尚有不足。因此曲煒很想幫趙公復趕緊找出一個能夠解決的方案，他可不想趙公復一開局就不順。

傅華便把他知道的情形跟曲煒講，曲煒沉吟了半晌，也想不出一個解決的方案，就問道：「傅華，就你看，要怎麼解決這個問題好呢？」

傅華面有難色地說：「市長，這個問題很棘手，除非有人主動把債務接下來，否則的話，海川市財政是很難脫身的，但是現在誰也不會接下這個爛攤子的。目前能做的就是想辦法拖延，讓銀行暫時不要去起訴伊川集團，給海川市政府留出解決問題的時間。」

曲煒想想，傅華說的倒不失為是沒有辦法中的辦法，雖然問題並沒有真正得到解決，但是起碼可以拖過趙公復接任市長的這個敏感時期，拖字訣本來就是官場上解決問題的法寶之一，隨著時間的拉長，人們的關注度慢慢遞減，很多問題就在拖字中大事化小，小事化無了。

曲煒點點頭說：「這個辦法倒是可以試一下，回頭我會向幾大銀行的行長打聲招呼，告訴他們海川市正在積極的解決伊川集團的貸款問題，讓他們給海川市一點時間。」

曲煒又耳提面命地說道：「不過傅華，我要你盡力動員起各方的力量，趕緊想辦法幫伊川集團找到下家，儘快把這個問題給徹底解決了。」

傅華苦笑說：「市長，能夠接手的下家我也在找，但是一時之間真的很難找到。」

曲煒責備說：「那是你沒用心去找，你現在的心思都放在熙海投資身上，根本就沒用在駐京辦這邊。傅華，你這樣子是不對的，你可別忘了，你還是海川市駐京辦的主任呢。」

傅華勉為其難地說：「好吧，市長，我盡力去找就是了。」

兩天後的上午，傅華在處理完駐京辦的事之後，就去醫院看望寧慧。

傅華問候說：「阿姨，這幾天好些了嗎？」

寧慧笑笑說：「好多了，謝謝你傅華，老麻煩你來看我。誒，告訴你一個好消息，我姐姐這幾天對子喬的態度好多了，昨天她還在我面前跟子喬開了幾句玩笑呢。」

傅華並沒有因為寧慧所說的感到興奮，寧慧和冷子喬畢竟是母女關係，女兒即使有再大的錯，依舊是她的女兒。他才是寧馨和冷子喬矛盾的癥結所在，什麼時候寧馨願意接納他時，母女間的矛盾才算是真正得到了化解。但是現在寧馨絲毫沒有要這麼做的意思，看來要化解這段矛盾還有很長的路要走。

看過寧慧，又聊了會兒天後，寧慧累了，閉目養神休息，傅華就離開病房，冷子喬出來送他。

這時，有一個穿白袍戴口罩的男人推著一輛裝著藥品的治療車走到寧慧的病房前，正推著車子想進入病房。

傅華看到愣了一下，心中有種不好的感覺，問道：「子喬，你看到過有男護士給你阿姨吃藥或者打針的嗎？」

「沒有啊，常來給阿姨藥和打針的，是個女護士，從來沒見過有什麼男護士來的。」冷子喬回道。

傅華心裏叫了聲不好，趕忙走到寧慧的病房，一把推開病房門，衝著走到寧慧病床前的男人喊了聲：「喂，你什麼人啊，跑病房裏來幹什麼？」

男人身子抖了一下，隨即對傅華說：「對不起啊，我搞錯了，我應該到另外一間病房去的。」就推著治療車匆匆往外走去。

隨後跟來的冷子喬不禁奇怪地說：「怎麼了，你這麼慌張跑進病房來幹什麼啊？」

傅華說：「我懷疑剛才那個推著車出去的男人有問題，就想要看看他進阿姨的病房想幹什麼，結果那傢伙說他走錯門了。」

「走錯門？」冷子喬狐疑說：「護士也能走錯門嗎？這有些不對勁，走，我們去看看那個人究竟是誰。」就拖著傅華走出病房，想要找到那個男護士。

但是走廊裏除了來來往往的病人和醫生之外，並沒有一個推著治療車的男人。後來兩人分頭去找，在拐角處找到那輛治療車，但是那個男人早就不見蹤影了。

傅華十分後悔剛才反應太慢，如果當時能把他給扣下來的話，就可以抓到這個可能要謀害寧慧的人了。

傅華和冷子喬不敢離開病房太久，擔心留寧慧一個人在病房，會給凶手行凶的機會，就趕忙回到病房。

寧慧被驚醒了過來，看到傅華和冷子喬回來，急忙問道：「怎麼了，剛才發生了什麼事啊？」

傅華說：「剛才推著治療車進來的那個傢伙很可疑，誒，阿姨，他沒對你做什麼吧？」

寧慧搖搖頭，神情慌亂地說：「你懷疑那傢伙是來殺我的嗎？」

「這還用問嗎？」冷子喬氣急敗壞地說：「這一定是李凱中那傢伙派來殺你的，阿姨，你別再傻了，別再維護他啦，把那個混蛋的事都跟警方說了吧，讓警方趕緊把他給抓起來，不然他還是會派人來殺你的。」

寧慧裝作沒事地說：「子喬，你瞎說八道什麼啊，那個男人究竟是怎麼一回事還無法確定呢，你憑什麼就說他是來殺我的啊？」

傅華看了寧慧一眼，勸說：「阿姨，到這時候你就不要再心存僥倖了吧。」

「那你要我怎辦啊？」寧慧突然崩潰一般地衝著傅華吼道：「難道非要讓我把自己送進監獄去你才滿意嗎？」

傅華被寧慧給吼愣了，這時候他才意識到，表面上若無其事的寧慧，內心中也在承受著極大的壓力，她並沒有真的相信李凱中，其實也一直在擔心李凱中會對她下殺手；然而她更害怕被相關部門懲治的後果，所以寧願擔驚受怕，也不去檢舉李凱中。

看傅華愣在當場，寧慧也覺得自己有些過分了，抱歉說：「對不起啊，傅華，我不是真的想對你發火的，只是我心裏煩躁得很，有些控制不住自己的情緒。」

傅華笑笑說：「我沒事的，阿姨，不過……」

「好了，傅華，」寧慧打斷了傅華的話，說：「我的事情我自有分寸的，你就別管了。」

傅華點點頭說：「我知道了阿姨，我不會再勸你什麼了，不過您最好跟子喬的媽媽說一聲，讓她多調幾名保全過來陪著你，以保證你的安全。」

冷子喬在一旁說：「這件事我來跟我媽說吧。」

晚上，冷子喬來到笙篁雅舍，傅華迎上前去，把她擁進懷裏，冷子喬回家這幾天，兩人都很思念對方，熱吻之後，不禁情動難耐，又歷經一場曼妙的體驗。

恢復平靜，傅華撫摸著冷子喬滑膩的身體，說：「我離開病房後，你阿姨的情緒有沒有好點，你媽媽安排保全了嗎？」

「我媽是增派保安到醫院了，不過我阿姨的情緒卻沒有什麼好轉，那個男護士的事把她嚇得不輕，只要有點動靜，她就會驚慌失措。她這個樣子下去不行啊，我擔心李凱中那個混蛋還沒對她怎麼樣呢，她自己就會把自己搞瘋掉的。怎麼辦？傅華，你能不能想個辦法救救我阿姨啊？」冷子喬憂慮地說。

傅華說：「最好的辦法是你阿姨主動揭發李凱中，只有李凱中被抓，你阿姨才能得到真正的安全。」

冷子喬嘆說：「這是不可能的，我跟我媽都勸過她，但是她怎麼也不肯，傅華，你能不能想想別的辦法啊，我實在不想看到我阿姨這樣下去了。」

傅華苦著臉說：「你讓我想什麼辦法啊？我又沒有能力去把那個凶手給抓起來。話又說回來了，恐怕你阿姨也不想讓那個凶手被抓到吧？因為那樣李凱中就會被咬出來，連帶著你阿姨的事也會被牽扯出來的。」

冷子喬說：「我也沒想讓你去抓凶手，那樣太危險，我想要你去找李凱中談談，李凱中不是很怕你嗎，你去跟他談談，讓他收手，這個應該沒什麼問題吧？」

「恐怕不行，」傅華搖頭說：「李凱中怕的不是我，而是我身後的楊志欣，所以我去跟他談是沒有什麼效果的；然而，如果我把楊志欣牽扯進來，恐怕不但幫不了你阿姨，還會更害到你阿姨的。」

「為什麼啊？」冷子喬困惑地說。

傅華理智地分析道：「李凱中之所以對你阿姨下殺手，就是怕他的違法行為曝光，如果我們拿楊志欣來嚇唬他，只會加重他的危機感，逼他不得不鋌而走險，採取更激烈的手段來除掉你阿姨滅口的。」

冷子喬心煩意亂地說：「那怎麼辦啊，難道就這麼看著我阿姨被李凱中嚇瘋掉嗎？我媽也很擔心，我看她在病房裏時，精神也是高度緊張的。」

傅華沉吟了一下，非常之事，恐怕也只有採用非常的手段來解決了。便對冷子喬說：「子喬，你不用擔心，我想到辦法來解決這件事了。」

「真的嗎，」冷子喬疑惑的看著傅華，說：「你想到什麼辦法了？」

傅華說：「這你就別管了，反正不會讓你阿姨去坐牢就是了。」

冷子喬擔心地說：「不行，你要跟我說清楚，傅華，我可不想讓你去冒險，對手這麼凶殘，一著不慎，你也會有生命危險的。」

傅華安撫說：「放心吧，我不會拿自己的生命去冒險的。好了，我不是想故意瞞你，而是這件事有些地方是上不了臺面的，你知道了沒什麼好處。」

冷子喬正色說：「我不是溫室裏的花朵，我之所以堅持要你告訴我，不是我的好奇心作祟，而是我必須要評估這件事會不會對你有什麼危險。

傅華，我們倆現在已經是一體的了，享福也好，風險也好，都應該一起承擔的。」

冷子喬這麼說，讓傅華很感動，抱緊了冷子喬，說：「好吧，我告訴你我的想法，我是想透過我那些黑道的朋友去把那個想害你阿姨的凶手給揪出來，到時候嚇唬他一下，那樣你阿姨不就沒什麼危險了嗎？」

冷子喬聽了說：「把他嚇唬走倒也是個辦法，但是如果李凱中再找別的人來對付我阿姨怎麼辦？這個問題還是沒有得到徹底的解決啊。」

傅華一時之間也沒有什麼高招了，只好說：「先不要想那麼多了，反正先把這個凶手揪出來再說，其他的等之後再想辦法吧。」

冷子喬點頭說：「那你小心些。」

第二天，傅華拿起電話準備打給劉康，想了想，又把電話給放下了，劉康不問世事已久，老拿這種事去煩他也不太好，還是讓羅茜男出面幫他處理這件事吧。

當羅茜男看到傅華時，愣了一下，隨即打趣說：「這誰啊，你確定沒走錯門嗎？」

傅華笑說：「誒，我怎麼聞到一股很濃的醋味啊。」

羅茜男反駁說：「我才沒吃醋呢，我只是覺得你這會兒應該是跟那個小情人膩在一起呢，不該跑到我這裏來的。」

傅華嘴甜地說：「她跟我就算再好，也沒你重要，如果你想要我跟你天天膩在一起，那我就不要她好了。」

羅茜男嗤了聲說：「你就是嘴上說得漂亮，你捨得嗎？」

「當然捨得啦，只要你說一句願意跟我長相廝守，我馬上就跟她分手。」傅華說。

羅茜男說：「好啊，我願意跟你長相廝守，你跟那個小情人分手吧。」

「行，我馬上就打電話給她！」傅華就拿出手機準備撥號。

羅茜男卻趕忙伸手把傅華的手機給搶了過去，說：「好了，我跟你開玩笑的，長相廝守就不必了，想我的時候，過來陪陪我就是啦。」

傅華看了羅茜男一眼，說：「茜男，如果我讓你幫她做件事，你會不會生我的氣啊？」

「嘿，你這傢伙，我說呢，你今天怎麼肯放下你的小情人跑來陪我，原來是你的小情人有事求我啊。不行，我讓她分享你已經夠委屈自己的了，再去幫她做事的話，那我豈不是太賤了點啊？」

傅華嘻皮笑臉地說：「好了，你是老大，有點老大的風度嘛，就幫她一下好了。」

羅茜男故意說：「你說我是老大，那就是說她是小三了，行，你要我幫她也行，讓她這個小三過來給我敬杯茶，只要她敬了這杯茶，我就幫她的忙。」

傅華說：「行啊，你說時間地點吧，我讓她來給你敬茶。」

羅茜男愣了一下，說：「不是吧，傅華，你真的敢讓你的小情人知道我的存在？你葫蘆裏面究竟賣的是什麼藥啊？你就不怕她知道你腳踏兩隻船，然後一腳甩了你？」

傅華面不改色地說：「怕什麼啊，這點都做不到我還算是個男人嗎？如果她真要甩了我，也無所謂啦。」

羅茜男白了傅華一眼，罵道：「你這個混蛋，你明知道我不會真的讓你為難的，究竟是怎麼一回事啊？」

傅華就把事情經過大致上講給羅茜男聽，羅茜男聽了，有些不滿的說：

「你這個小情人的阿姨也真是的，自己惹的麻煩不自己解決，還把禍水往你身上引，真不是個東西。」

羅茜男稍微沉吟了一下，又說：「我會想辦法幫你找到這個人的，不過，這個人找到了怎麼辦啊？你又不能把他交給警方，我也不會去做殺人那種事。」

傅華說：「我的想法是找個地方看管他幾天，等寧慧出國了，你再把他放了就是了。」

羅茜男想了想說：「這個辦法不是不可以，不過仍然不能斷根，我倒是有一個辦法，只是不知道有沒有用。」

傅華趕忙說：「什麼辦法啊，說來聽聽。」

羅茜男笑笑說：「我想的是把這個凶手給利用起來。」

傅華疑惑地問道：「怎麼個利用法啊？」

羅茜男說：「我們抓到這個凶手後，就逼著這個凶手反過來去敲詐李凱中，讓李凱中和這個凶手狗咬狗去，到時候李凱中自顧尚且不暇，自然無法再來威脅到你和寧慧的安全了。」

傅華大讚說：「真是聰明啊，這樣的話，李凱中可有苦頭吃了。」

羅茜男故意癟嘴說：「聰明什麼啊，我都傻到去幫自己的情敵解決麻煩的程度了，真是傻到家啦。」

兩天後，羅茜男來電話，說：「傅華，你現在在哪兒啊？能不能出來一下，陸叔已經幫我找到你想要找的那個人了。」

傅華驚喜地說：「這麼快就找到啦？效率比警察可高多了。」

羅茜男笑說：「蛇有蛇道，鼠有鼠道，路數不同，不能比的。過十分鐘你下樓來吧，我帶你去見那個傢伙。」

傅華說：「好的，我倒要看看究竟是怎樣的一個角色。」

十幾分鐘後，羅茜男的車到了駐京辦，便載著傅華去了一個偏僻的倉庫。

倉庫裏，陸豐帶著幾名手下正看管著一名被綁在椅子上的男子。男子一臉血污，一隻眼睛腫成了烏眼雞，顯然已經被陸豐這幫人收拾一頓了。

「陸叔，這傢伙招了沒有？」

陸豐說：「這傢伙是個軟骨頭，沒撐上半小時就什麼都招了，事情確實是他做的。不過，這傢伙始終咬定指使他的，是個叫段勇新的商人，他根本就不認識什麼李凱中。」

傅華說：「陸叔，這個段勇新是李凱中的合作夥伴。」

陸豐恍然大悟說：「你怎麼不早說啊，害我以為這個傢伙是在騙我，讓他多吃了不少的苦頭呢。」

羅茜男說：「讓他多吃點苦頭也是活該，什麼不好做，學人做殺手。」

傅華說：「陸叔，這傢伙叫什麼名字啊，我想跟他談一談，可以嗎？」

陸豐說：「他叫秦宇升，你要跟他談沒問題，他已經被我們收拾得服服貼貼的了，包管你問什麼他都會如實回答的。」

傅華就對羅茜男說：「茜男，我過去跟他聊幾句，看看這傢伙能不能為我所用。」

羅茜男說：「要不要我陪你啊？」

傅華搖搖頭說：「我自己應付得來，你就不用露面了，遠遠地看著就行了。」

傅華走到秦宇升面前。秦宇升看到傅華，嚇得戰慄地說：「你怎麼來了，抓我的這幫人都是你的手下？」

傅華冷冷地說：「秦宇升，看來你已經知道我是誰了，這樣也好，省得我們還要介紹彼此的身分。」

秦宇升惶恐地說：「傅先生，這件事都是段勇新讓我幹的，你要是想報復的話，去找段勇新好了，別來找我，我不過是個拿錢給人消災的小腳色而已。」

傅華看了秦宇升一眼，說：「秦宇升，你在這裏面的角色可不小啊，要不是我女朋友的阿姨命大的話，恐怕都要在你手裏死兩回了。對了，如果寧慧死在你手裏，段勇新下一步有沒有意思對我下手啊？」

秦宇升慌張地搖搖頭說：「段勇新可不敢對你怎麼樣，他知道你是有很大背景的人，他怕要是對你下手的話影響面太大，所以要我儘量把目標都放在寧慧身上，不要去招惹你。如果不是他這麼交代的話，上次在病房跟你碰上的時候，我就會對你動手，而不是馬上遁走了。」

秦宇升又求饒說：「傅先生，對不起啊，是我有眼無珠，不該招惹你和你的家人的。我已經把我所知道的事都跟剛才那幫兄弟們老實交代了，我向你保證，只要你放我離開這裏，我馬上離開北京，再也不回來，你看是不是就饒過我這一回啊。」

「饒你一回？」傅華冷笑說：「秦宇升，你是不是把事情想得太簡單了啊？我女朋友的阿姨現在還在醫院躺著呢，就這麼饒過你是不是也太便宜你了？」

秦宇升聽了說：「我這些年多少賺了點錢，手頭還有個八十多萬，我把它都給你，就當賠償你女朋友的阿姨的醫療費，這樣你總可以放過我了吧？」

「不行！」傅華搖頭說：「我才不稀罕你這點小錢呢。」

「那你想要幹嘛？」秦宇升的臉色變了，說：「你不會是想要做了我吧？」

「有什麼不可以嗎？」傅華故意嚇他：「還是你覺得只能你殺人，不能人殺你啊？」

「傅先生，你就放過我吧，」秦宇升嚇得聲音都顫抖了，說：「我家裏還有八十歲的老母等著我養活呢。」

傅華被逗笑了，說：「秦宇升，你好歹也是個殺手，能不能硬氣一點啊?!再說，你才多大，家裏哪來八十歲的老母等你養活啊？」

秦宇升尷尬地說：「我這不是跟電視裏學的嗎？好了，傅先生，我知道錯了，求求你放過我吧！」

「放過你，那我女朋友的阿姨豈不是又要危險了？」傅華說：「為了保險起見，我還是做了你比較安全。」

「傅先生，千萬別啊，」秦宇升急忙保證：「我對天發誓，我要是敢再去碰你女朋友阿姨的一根汗毛，就讓我不得好死。」

「你發誓有屁用啊？」傅華心想：他已經把這傢伙嚇唬得差不多了，就笑笑說：「秦宇升，你如果真的不想死的話，我倒是可以給你一個改過自新的機會，只是不知道你肯不肯配合啊？」

秦宇升一聽還有活命的機會，趕忙說道：「我一定會配合的，傅先生，只要你放過我，你讓我做什麼都可以。」

傅華說：「那如果我讓你去對付段勇新呢？」

「你要我去殺了段勇新？」秦宇升遲疑了一下，說：「傅先生，我們這行也是有行規的，不好轉過頭來去對付原來的雇主吧。」

「原來你們還有行規啊，」傅華笑了起來，說：「行，我也不勉強你，你去遵守你的行規去吧。不過，我可沒什麼行規要遵守，只好對不起你了。」

「別，傅先生，」秦宇升慌忙說道：「我錯了，我聽你的，去殺了段勇新就是了。」

「這還差不多！」傅華說：「不過，我要你對付段勇新，並不是想要你去殺了他，他那條爛命對我沒什麼用處，我可不想被他髒了我的手。」

秦宇升疑惑地看著傅華說：「那你想要我怎麼做啊？」

傅華反問說：「秦宇升，你想賺錢嗎？」

秦宇升愣了一下，說：「賺錢誰不想啊，不是為了賺錢，我會冒那麼大的風險去動你女朋友的阿姨嗎？」

傅華冷笑說：「你這人的腦筋有點不開竅啊，難怪你都做殺手了，才賺到八十幾萬，你知道段勇新為什麼想要殺掉我女朋友的阿姨嗎？」

秦宇升說：「他說你女朋友的阿姨想要攪黃他一筆生意，迫不得已，他只好下殺手除掉她。」

傅華說：「那你知道他這筆生意能賺多少錢嗎？」

秦宇升搖搖頭，說：「他沒告訴我。」

傅華透露說：「他沒告訴你，我告訴你！他說的這筆生意，是從銀行裏騙取三千萬美金的貸款，成功的話，他能分三成，我女朋友的阿姨也能分三成，如果段勇新除掉我女朋友的阿姨的話，他能分得更多，保守估計也能拿到四成。三千萬美金的四成就是一千二百萬，換算成人民幣的話，就是七千多萬，誒，他雇你做殺手，酬金是多少啊？」

秦宇升抱怨說：「這傢伙只答應給我三十萬，而且還是先付一半，事成後才付另一半的。」

傅華挑撥說：「那你豈不是虧大了？你幹的是把腦袋別在腰帶上的高風險工作，現在卻只拿了十五萬人民幣，那個段勇新卻能拿到七千多萬，你心理能平衡嗎？難道你不想讓段勇新再出點血嗎？」

「哦，我明白了，」秦宇升說：「傅先生，你是想讓我幫你從段勇新那裏敲筆錢出來。」

「這點小錢我哪裡會看在眼中！我只是看段勇新這麼做很不爽，想要擺他一道罷了，如果你有本事從他那裏敲出錢來的話，我一分錢都不要，都歸你。」傅華豪氣地說。

秦宇升聽了有些心動，看著傅華說：「你真的一分錢都不要？」

傅華說：「我騙你幹什麼，我絕對不會要的。」

秦宇升問：「那你覺得我跟段勇新要多少錢合適呢？一百萬？」

「哎，難怪你做殺手都賺不到錢，你的眼皮子也太淺了吧，你就跟他要一百萬啊？」傅華取笑他。

秦宇升難為情地說：「一百萬也不少了，在我們老家一百萬可是能幹很多事的。」

傅華笑說：「這裏可是北京，一百萬連套像樣的房子都買不下來。」

「那你想要我跟他要多少啊？」秦宇升問。

傅華說：「怎麼還不要個千八百萬的來花花啊，這樣你也不必再做殺手冒險了。」

秦宇升猶豫著說：「這可是有點多，段勇新不一定肯給的。」

傅華教唆說：「你知道了他這麼多見不得人的事，他還敢不給你嗎？他要是真敢不給的話，你就把他的事捅出去，讓他去坐牢好了。」

秦宇升聽了，笑說：「這倒也是啊。行，我就跟他要個一千萬來花花好了。」

傅華見秦宇升已經上鉤了，就招手把陸豐叫過來，說：「秦宇升的手機在什麼地方？」

陸豐就把收繳的手機給了傅華，傅華拿著手機對秦宇升說：「現在你當著我的面打電話給段勇新，跟他要一千萬，你知道話要怎麼講嗎？」

秦宇升點了一下頭，說：「我知道。」

陸豐在一旁威脅說：「秦宇升，我警告你啊，不要在電話裏搞什麼花樣，更不能提這間倉庫裏的事，你要是敢說錯一句話，那你這輩子就別想離開這間倉庫了。」

秦宇升說：「你放心好了，我絕對不敢的。」

傅華就撥了段勇新的號碼，把手機設置在免持聽筒的功能上，然後把手機放到秦宇升的嘴邊讓秦宇升講話。同時，他把自己的手機拿了出來，開了錄音功能，打算把秦宇升和段勇新的對話給錄下來，也許將來對付李凱中的時候能夠用得上。

手機嘟嘟的響了幾聲之後，那邊就接了電話，一個細聲細氣的男人聲音傳了出來。

「誒，小秦，我不是跟你說過了嘛，我沒找你你就別找我的嗎？」

第六章

花錢消災

「你！」

段勇新這才意識到跟他對話的是個可怕的殺手，如果惹惱這傢伙，他會真的動狠手，那他的小命就危險了，這時候也只好花錢消災了，好在十五萬他還花得起。

「行，姓秦的，算你狠。」

傅華聽到聲音有一種分外的熟悉感，這就是那天打電話威脅他的那個聲音，原來威脅他的是段勇新啊。

秦宇升稍稍遲疑了一下，然後乾笑著說：「段董，我打電話給你，是有事情要跟你說。」

段勇新說：「哦，什麼事啊？」

秦宇升說：「是這樣，我想離開北京了，所以你交代我做的那件事，我恐怕沒辦法再做下去了。」

段勇新沉吟了一下，說：「行啊，你連續兩次都沒把事情辦俐落，現在那個臭娘們警覺性很高，病房裏還加強了保全，這種狀態下也不好再對她下手了，你不做也好。就這樣吧，以後不要再聯繫我了。」

段勇新說著就要掛電話，秦宇升卻說：「等一下。」

段勇新疑惑地說：「還有什麼事嗎？」

秦宇升陰笑說：「當然有了，段董，我需要點路費，你是不是再付給我一點啊？」

「你還有臉跟我要錢啊？」段勇新火大地道：「媽的，你的臉皮真夠厚的，什麼事都沒辦成還有臉跟我要錢，我沒要你把之前給你的十五萬退回來就不錯了。」

秦宇升本來對跟段勇新要錢還有點難以啟齒，但是段勇新態度實在很差，心想：要不是你把我拖進這個麻煩當中，我怎麼會被抓到這裏來？連能不能活著離開都難說，跟你要點錢你竟敢衝我發火，真當我這個殺手是白當的啊？

秦宇升便也衝著電話嚷道：「姓段的，你這什麼態度啊，老子該做的事都幫你做了，那個女人能夠活下來是她命大，可不關我什麼事。識相的話，就老老實實拿一筆錢給我，我就不跟你計較；否則的話，別怪我把你給揭發出來，到時候你就等著吃牢飯吧。」

「你居然敢要脅我?!」段勇新叫了起來。

「怎麼，不行嗎？」秦宇升冷笑說：「姓段的，我可提醒你，你找我辦事的這幾次談話，我可都錄了音的，你聰明的話，就把錢給我，否則我就把錄音寄給有關部門，我看到時候你還能不能再去騙出三千萬美金的貸款來？」

傅華聽秦宇升提到貸款，心想糟了，段勇新一定會奇怪秦宇升為什麼會知道這三千萬貸款的事，如果秦宇升不能自圓其說的話，今天這場戲就要砸鍋了。

「你怎麼知道我要貸款啊？」段勇新果然驚訝的問道。

這時候，傅華的心懸了起來，手指也已經按到掛斷鍵上，準備一旦秦宇升說得不對頭時，馬上就結束跟段勇新的通話。

「我為什麼不會知道啊？」秦宇升鎮定地說：「我接下活後，事先都會對雇主的情況做功課的，你貸款的事又不是什麼國家機密，我自然很容易就查到了。」

傅華聽秦宇升這麼解釋，鬆了口氣，這傢伙總算還有點急智。

「你個混蛋，」段勇新越發惱火起來，破口大罵道：「你居然敢來調查我，我看你是活膩了?!」

秦宇升笑了起來，說：「姓段的，我怎麼覺得你這話這麼好笑呢，你居然敢說我活膩了，你忘了我是幹什麼的嗎？要不要我免費送你一單啊。」

「你！」段勇新這才意識到跟他對話的是個可怕的殺手，如果惹惱這傢伙，他會真的動狠手，那他的小命就危險了，這時候也只好花錢消災了，好在十五萬他還花得起。

段勇新氣哼哼的說：「行，姓秦的，算你狠，老子今天認栽，我馬上就把十五萬給你準備好，半小時後，你來我公司拿吧。」

「十五萬？」秦宇升笑說：「段董，現在給我十五萬可不夠了，我想要的是一千萬。」

「什麼，一千萬?!」段勇新叫了起來：「你這傢伙當我是什麼，銀行啊？」

秦宇升笑笑說：「姓段的，別裝了，你最少能從那筆貸款中弄到七八千萬，我拿你一千萬花花，並不過分。」

段勇新狡辯說：「可是這筆錢我還沒拿到手，從什麼地方給你弄一千萬出來啊？」

秦宇升冷哼說：「你從什麼地方弄一千萬出來我可就不管了，反正你如果不給我這筆錢，我就把你的錄音資料寄給有關部門，到時候你就等著坐牢吧。」

段勇新急說：「小秦，你這樣可就太不講理了，我根本就拿不出這筆錢來，你就算是逼我也沒有用。」

秦宇升失笑說：「姓段的，你真是很幽默啊，居然要跟我講理？講理的話，你就不會請我做殺手殺人了。反正，如果你不能在兩天內給我一千萬的話，你就等著去坐牢好了。好啦，我要掛電話了，你趕緊去準備錢吧，回頭我會打電話給你的。」

「等等，」段勇新叫道：「小秦，我真的拿不出這麼多錢啊。」

「拿不出可以去借嘛，」秦宇升說：「你開那麼大一家公司，這點錢應該能夠借得到吧？好了，別在這兒跟我囉嗦了，趕緊去籌錢吧。」

聽秦宇升說到這裏，傅華就掛斷手機，然後對秦宇升說：「誒，你手裏真的有談話的錄音嗎？」

秦宇升搖搖頭說：「沒有，我只是看你錄我和段勇新的談話，才臨時想到的，要不然我拿什麼去威脅段勇新呢。」

傅華笑說：「你還蠻有點小聰明嘛。」

秦宇升看著傅華說：「誒，傅先生，你對我剛才的表現還滿意嗎？」

傅華點點頭，說：「不錯，你的表現我很滿意。」

「既然你很滿意，」秦宇升陪笑著說：「那是不是可以放我離開這裏了？」

傅華說：「我會放你離開的，不過你和段勇新的事還沒結束，等你們的事情結束了，我就會放你離開的。好了，你在這兒好好休息一會吧，回頭我再來找你。」

秦宇升哀求說：「誒，傅先生，你不能這樣啊，我都按照你說的做了，求求你放我離開吧。」

傅華說：「秦宇升，你就別嚷嚷了，老老實實的坐在這裏等著，否則，我會讓他們把你的嘴給堵上。」

秦宇升只好閉上嘴，不說話了。

傅華走到羅茜男旁邊，羅茜男問：「你跟他談的怎麼樣？」

傅華說：「挺好的，這傢伙還算識趣，打電話去跟段勇新要了一千萬。」

陸豐看了眼傅華，說：「傅董，秦宇升真的能從段勇新那裏拿到一千萬嗎？」

傅華笑說：「怎麼，陸叔，聽到這一千萬你心動了？」

陸豐說：「如果真能從段勇新那兒弄出一千萬來，也不能便宜了秦宇升這小子，兄弟們抓他也是很辛苦的，弄點辛苦費花花也是應該的吧？」

傅華說：「陸叔，兄弟們的辛苦我都知道，不過這個辛苦費，你不要從秦宇升那裏拿，回頭我會拿出一點錢犒賞大家的。」

陸豐不好意思地說：「不是，傅董，我可沒有想向你要錢的意思，我只是想從秦宇升那裏賺一點而已。」

傅華笑笑說：「沒關係的陸叔，皇帝還不差餓兵呢，兄弟們做事拿點辛苦費也是應該的。至於秦宇升，你就不用打他的主意了，因為段勇新根本不可能會給他一千萬的，段勇新的公司是個空殼公司，根本就拿不出這麼多錢來。」

陸豐不解地說：「那你怎麼還讓秦宇升跟段勇新要一千萬啊？」

傅華笑笑說：「我這麼做是給段勇新製造點麻煩，讓他不得不忙於解決秦宇升的事，也就無暇再來對我和寧慧有什麼不利的舉動了。」

陸豐笑說：「原來是這樣啊。」

這時，傅華拿著的秦宇升的手機突然響了起來，傅華心說：這是誰給秦宇升打來的電話啊？

傅華猶豫了一會，將手機拿到秦宇升面前，給秦宇升看了顯示的號碼，然後問：「知道是誰給你打電話嗎？」

秦宇升搖搖頭說：「這個號碼我沒印象，應該不是熟人打來的。」

傅華盯著秦宇升，問道：「不是你搞的什麼花樣吧？」

秦宇升趕忙說：「我能搞什麼花樣啊，你也看到了，從來到這裏，我就被綁在椅子上，就是想搞花樣也沒機會啊。」

傅華摸不清狀況，就任由鈴聲響完。不想對方並不就此罷休，又一次打了過來。

傅華沉吟了一下，然後對秦宇升說：「我現在把電話接通，你問對方是誰，找你有什麼事，明白嗎？」

秦宇升點了一下頭，傅華就接通電話，放到秦宇升的嘴邊。

秦宇升問道：「哪位找我？」

電話那邊一個男人說道：「你不知道我是誰，不過我們有一位共同的朋友，段勇新。」

聽到這個男人的聲音，傅華趕忙把自己的手機拿出來，打開錄音功能，因為這個男人的聲音他也很熟，就是國資委的副主任李凱中的聲音。

對傅華來說，這算是一個意外的驚喜，他沒想到李凱中會這麼容易就露頭了。看來是段勇新承受不住秦宇升敲詐他一千萬的壓力，就把幕後的李凱中找了出來。迫於無奈，李凱中才不得不打電話給秦宇升。

李凱中說道：「我找你，是想跟你談那一千萬的事。」

傅華在秦宇升耳邊低聲說：「你問他是誰？憑什麼來跟你談這件事？」

「你要跟我談一千萬？」秦宇升質疑說：「你是誰啊，憑什麼跟我談這件事啊？」

李凱中笑笑說：「我是誰你就不要管了，這麼跟你說吧，我是能幫段勇新做主的人。」

傅華又附在秦宇升耳邊說：「你問他想怎麼談？」

秦宇升說：「好吧，我不管你是誰。說吧，你想跟我怎麼談？」

李凱中說：「你跟段勇新要一千萬太多了，他的能力根本就拿不出那麼多錢來。不過，我知道段勇新讓你做的事很危險，三十萬的價碼確實低了點。我的意思是，能不能你們互相各讓一步，段勇新給你加一點，你也少要一點，大家就可以不傷和氣的把這件事給解決了。」

傅華擔心秦宇升會同意李凱中的意見，趕忙小聲說：「不管他說什麼，你都要咬定一千萬，一分都不能少，段勇新付不起，你就說讓打電話的這個人付好了。」

秦宇升就笑說：「不好意思，這位先生，我說一千萬是很低了，絕沒有商量的餘地。」

李凱中放狠話說：「你這麼做是在逼段勇新走絕路了，難道你就不怕他豁出去，跟你來個魚死網破嗎？」

秦宇升說：「你這是在威脅我嗎？好啊，那就來個魚死網破好了，我倒要看看是你們受不了，還是我受不了。」

李凱中再也笑不出來了，惡狠狠地說：「算你狠，一千萬我可以給你，不過，你必須告訴我，你究竟是怎麼知道段勇新那三千萬美金貸款的事。」

傅華這時才明白李凱中打電話來，並不是為了跟秦宇升討價還價，而是想查證秦宇升是怎麼知道段勇新騙貸的事。這件事才是關係到李凱中切身利益的，他怕這件事會把他也扯出來。

傅華趕緊說：「你跟他說，這件事是你自己查到的，至於是透過什麼管道，就是你和朋友間的秘密了，你不想害到朋友，所以不能說。」

秦宇升按照傅華的話跟李凱中說，李凱中說：「你不說是誰也行，你只要告訴我是段勇新公司的人透露給你的，還是段勇新公司以外的人透露給你的就行。」

傅華小聲說：「你就說這個不方便說，說了他就知道是誰了。你讓他別再囉嗦，趕緊去幫段勇新準備錢就是了。」

秦宇升就按照傅華說的對李凱中說，李凱中說：「我明白了，行了，你等電話吧，段勇新把錢準備好了，會打電話通知你的。」

李凱中說完，掛了電話，傅華把手機收了起來，回到羅茜男身邊，說：「茜男，我已經拿到我想要的東西了，這傢伙再留在這裏也沒什麼用，我想把他給放了，對你沒什麼妨礙吧？」

羅茜男笑笑說：「沒事，估計再借他一個膽子，他也不敢找我們麻煩的，更何況，他也不知道我們的底細。不過，你不怕放了他會對你不利嗎？」

傅華說：「這個我不怕，他以為陸叔這些人都是我的手下，既然你覺得他不敢再來惹你們，那他就更不敢來惹我了。」

羅茜男聽了說：「那就好，你就隨意處置他吧。」

傅華又回到秦宇升的身邊，說：「秦宇升，如果我現在把你放了，你能保證對這裏剛才發生的這些事情保守秘密嗎？」

秦宇升驚喜的連連點頭，說：「傅先生，你放心，我絕對不會對外提這裏一個字的。」

傅華正色說：「我希望你說到做到，你也見識過我這些朋友的手段了，如果被我知道你洩露了我們的事，不管你逃到什麼地方，我都會把你給挖出來做掉的。你明白嗎？」

秦宇升鄭重地說：「我明白，一定不會的。」

傅華又說：「不會最好，還有一件事我要跟你說一下，我讓你去敲詐段勇新一千萬的事，只是我跟段勇新開的一個玩笑，嚇嚇他的，你別當真。段勇新和剛才打電話給你的人都不是什麼善類，你以後最好不要去再招惹他們，也別再跟他們聯繫，更不能跟他們說我的事，小心他們會對你不利。明白嗎？」

秦宇升點點頭說：「我明白了，傅先生，我會按照你說的去做的。」

傅華就把陸豐拉到一邊說：「陸叔，等會兒我和羅茜男離開後，你就把這傢伙給放了吧。然後找個人盯著他，看看他接下來做什麼，別讓他再對寧慧有什麼不利的舉動。」

陸豐笑說：「行啊，我會安排的。」

跟羅茜男分手後，傅華去了寧慧的病房，冷子喬正在病房裏陪著寧慧。

傅華對寧慧說：「阿姨，這段時間你不用再擔心李凱中和段勇新了。」

寧慧看了傅華一眼，說：「為什麼，你做了什麼嗎？」

傅華就把錄下來的對話放給寧慧聽，然後說：「阿姨，你也聽到了，那個殺手說他要離開北京，不會再對你有什麼行動了；段勇新和李凱中這段時間苦於應付這個殺手的敲詐，也無法再來針對你，趁這段時間，您趕緊養好傷出國，他們再想找你的麻煩，就鞭長莫及了。」

寧慧鬆了一口氣，說：「謝謝你了，傅華。」

傅華笑說：「不要客氣，您是子喬的阿姨，我幫點忙也是應該的。」

寧慧轉頭對冷子喬羨慕地說：「子喬，你真有眼光，找了一個這麼能幹的男朋友。」

冷子喬得意地說：「那當然啦，我挑的男朋友肯定是不會差的。」

晚上，傅華回到笙篁雅舍的家中，忙碌了一天的他有些疲憊，準備從外面叫外賣回來吃。這時冷子喬來了。

傅華愣了一下，說：「你不是要在病房裏陪你阿姨嗎？」

冷子喬說：「原本是那樣的，不過我媽說她今晚沒應酬，她留在醫院陪我阿姨，讓我過來陪陪你。」

傅華意外地說：「不會吧，真是你媽讓你來陪我的？」

冷子喬點了一下頭，笑說：「當然是啦，我阿姨把你做的事跟我媽講，對你好一頓的誇獎，說了你不少好話；我媽聽完之後，沉默了一陣，嘆了口氣說：這個家也確實需要一個能夠撐得起來的男人了，就讓我過來陪你啦，還說改天找時間要跟你一起吃個飯談一談。」

傅華說：「想不到你媽這座冰山這麼快就融化了，我還以為起碼要冷戰個幾年呢。」

冷子喬感嘆說：「我媽終究還是個女人啊，即使再強悍，也有撐不住的時候，我阿姨這次出事，她表面上好像沒什麼，但是內心中其實也是很虛弱的。」

上午，海川市駐京辦。

不到九點，傅華卻是困倦得呵欠連連。昨晚兩人折騰了大半夜才睡，搞得傅華感覺十分疲憊。他起身為自己沖了杯濃茶，想要提提神，剛把茶泡上，就有人敲門，邵依玲走了進來。

傅華趕忙站起來，招呼說：「邵副市長，您怎麼來了？」

邵依玲說：「我明天就要去東海省報到了，走之前想跟師兄打聲招呼，順便來看看駐京辦的情況。你這裏環境不錯啊。」

傅華謙虛地說：「一般了。誒，你明天什麼時候飛東海啊，我去機場送送你吧。」

邵依玲說：「不麻煩你了，團中央那些同事說要給我送行的。」

傅華聽了說：「那我就不多此一舉了。以後您就是市裏的領導了，什麼地方需要用到駐京辦的，儘管吩咐好了。」

邵依玲笑笑說：「師兄，你別這樣子老是領導領導的，我們之間不需要這麼客氣。」

傅華正色說：「這你就錯了，我在這方面可是受過教訓的，我曾經以為跟某個領導算是不錯的朋友，所以在他面前說話做事都很隨便，有時候我認為他做錯的地方，也都直接了當指出來。一開始他還沒覺得什麼，時間久了，就覺得我這樣是對他的一種冒犯，到最後，我們鬧得很不愉快，甚至一度成為敵人。」

邵依玲聰慧地說：「你說的這位領導是海川前市委書記金達吧？」

傅華不好意思地說：「看來鄧叔把我的事都跟你說了啊。」

邵依玲笑說：「是啊，鄧叔把你的事都跟我說了。我來是有件事想問你，那天鄧叔在場，我就沒好意思問，你說我到了海川之後，要怎麼樣才能開創出一番局面來啊？」

邵依玲說：「我沒聽錯吧，我記得鄧叔交代你的那些話，你不是都答應下來了？」

傅華說：「我當時答應鄧叔，並不是我贊同他的說法，而是如果我不答應他的話，他就會搬出一大堆的道理來說服我，我可不想聽那些沒有用的大道理。我好不容易得到這次下去鍛煉的機會，我想實實在在的做點事出來，大展拳腳一番，而非只做個不沾鍋。」

傅華勸道：「可是鄧叔講的那些都是經驗之談，照他的說法去做才是對你比較有利的。」

邵依玲不以為然地說：「這我知道，如果按照鄧叔的建議，去海川碌碌無為的熬上幾年，到時候我也會有很好的發展的，但是我卻不想這樣，我已經在團中央混了幾年，什麼都走中庸路線，整個人悶到快爆炸了，如果在海川還繼續這樣的話，我肯定會瘋的。」

傅華聽了說：「不管怎麼說，我還是覺得你應該照鄧叔給你定下來的方針去做，只有那樣才是最好的。」

邵依玲不滿地抱怨說：「我明白你的意思了，你是怕鄧叔罵你，所以就不想幫我。行，你不幫我也無所謂，我自己悶著頭去做就是了，到時候出了什麼問題，我就跟鄧叔說，是你出的主意讓我那麼做的，到時候鄧叔還是會罵你的。」

傅華笑說：「邵副市長，我可沒那麼好被人賴上的，難道我不會跟鄧叔說那不是我的主意嗎？」

邵依玲得意地說：「你是可以去跟鄧叔解釋，但是，你覺得鄧叔是會相信你還是會相信我啊？」

傅華無奈地說：「邵副市長，您想去碰個頭破血流也隨便你，鄧叔要罵我也隨他，反正我是不打算摻合你的事了。」

邵依玲大嘆說：「誒，師兄，你可真是夠絕情的，對我這樣一個千嬌百媚的女人，居然連一點想要呵護的意思都沒有，真是一點都不憐香惜玉啊。」

傅華笑說：「話可不能這麼說，這世界上千嬌百媚的女子多得是，如果每一個我都去憐惜的話，那我根本憐惜不過來了。」

邵依玲擺手說：「師兄，我明白你這話的意思了，你是說我們之間的情分還沒到能夠讓你屈尊幫忙的程度，哦，你是在暗示我們要發生超友誼的關係，你才會幫我的是吧？行啊，走吧，海川大廈不是有酒店嗎，你現在就帶我去開房間好了。」

說著，居然真的伸手來拉傅華，傅華趕忙往後退，躲開了邵依玲。

傅華不禁有些傻眼，他沒想到看上去那麼淑女的邵依玲居然會說出這樣大膽又赤裸的話來。

邵依玲忍不住撲哧一聲笑了出來，指著傅華說：「你躲什麼啊，你以為我真的會帶你去開房間啊，想得美，你想我還不想呢。」

傅華這才緩過神來，乾笑了一下說：「邵副市長，拜託以後別開這種玩笑了，我這人膽小，經不起這種驚嚇的。」

邵依玲笑說：「好了，師兄，你別這麼認真好不好，我跟你開這個玩笑只是想告訴你，別把我這個副市長的身分看得有多麼的重，我也是個普通人，也是會在工作中犯錯的，所以你也別把鄧叔交代的那幾句話當成聖旨一樣看待。就算我聽他的話，也不能保證最終就一點錯都不犯的。」

傅華說：「起碼犯錯機率會低很多。」

邵依玲說：「這個可不一定，就拿買彩票來說吧，有人經年累月的買，每次都是絞盡了腦汁去想號碼，偏偏就是不中；但是有的人隨便買了一注，結果還就中了。」

傅華聽了說：「邵副市長，我明白你的意思了，我可以不去管鄧叔交代的那些話，但是我也沒辦法告訴你做了副市長後，第一步要做什麼；不過，如果你有了明確目標，想要我就這個目標提出我的意見，這點我倒是願意幫忙的。」

邵依玲這才滿意地說：「這還差不多，其實我已經有一個目標了，我瞭解了一下海川目前的狀況，現在能稱得上有難度而且是急需解決的，就是伊川集團冷鍍工廠的問題。」

「你想要解決冷鍍工廠的問題啊？」傅華有些驚訝的說。

邵依玲笑說：「是啊，這個可是困擾海川市財政的一個大問題啊。我又是分管工業的副市長，對此自然不能回避。」

傅華不禁說道：「你可真是撿了根硬骨頭啃啊。不過，就算是你真的要啃它，這塊硬骨頭也不一定會輪到你來啃的，這個項目應該是由常務副市長處理，輪不到你來負責的。」

邵依玲說：「那如果我去爭取負責這件事呢？」

傅華趕忙勸阻說：「千萬不要，這件事很麻煩，很多人躲都躲不及，你別一上任就給自己找事了。有時候做事還是要講個好意頭的，如果你開局就開得不順的話，後面的事恐怕就更不好辦了。」

邵依玲想了想說：「這倒也是啊，那我就看看形勢再說吧。行了，我不打攪你了，先走啦。」

送走邵依玲後，傅華回到自己的座位上，經過邵依玲這麼一鬧，他的睏勁也過去了，他撥了陸豐的電話，想問問秦宇升現在是不是真的離開了北京。

陸豐回說：「沒有，我的人一直在盯著他，他被放了之後，就回到租屋處龜縮起來，再也沒露面，也不知道他想要幹什麼。」

傅華猜說：「估計他是在等段勇新打電話讓他去拿那一千萬呢。」

陸豐聽了說：「那他就是自尋死路了，如果段勇新真的打電話讓他去拿這一千萬，恐怕並不是真的要給他一千萬，而是想要設局除掉他吧。」

傅華說：「他們之間狗咬狗的事我們就不用管了，誰咬輸了都是活該，我們要防備的只是這兩幫傢伙不要再對我們有什麼不利就行了。陸叔，你讓你的人盯緊一點，想辦法把他們見面的情形拍下來。」

陸豐說：「我明白。」

快到中午的時候，傅華接到天和房地產總經理丁益打來的電話。

丁益說：「聽說傅哥你泡上了一個大美女啊？」

「你的耳朵倒是很長啊，」傅華笑說：「我才帶她在駐京辦露過一次面，就被你知道了。」

丁益稱讚說：「傅哥，你真是好手段啊，這麼出色的女人你都能追得上，我想不佩服你都不行啦。你跟她已經到什麼程度啦？到時候她來海川上任時，我如果出面給她接風洗塵，會不會讓她覺得很唐突啊？」

「什麼到海川上任啊？」傅華這才意識到他跟丁益說到岔道上了，問道：「丁益，你說的究竟是誰啊？」

「我說的是要來海川出任副市長的邵依玲啊，」丁益納悶地道：「怎麼，我們說的不是同一個人嗎？」

「什麼跟什麼啊，」傅華苦笑著說：「你怎麼把我跟邵副市長給扯到一起了呢？誰跟你說我跟她有關係的啊？」

丁益奇怪地說：「我剛剛接到一個朋友的電話，說你跟新任分管工業的邵依玲關係很好，邵依玲還跑去駐京辦跟你見面，問我能不能讓你幫忙安排請邵依玲吃頓飯。」

傅華吃驚地說：「這幫人耳朵還真是靈啊，邵依玲上午才來過我這兒，這幫傢伙馬上就知道了。」

丁益笑說：「這麼說，你跟邵依玲的關係還真是很不錯了。」

「說不上很不錯，她是我大學的學妹，今天跑來找我，是因為她馬上就要去東海省報到了，想向我瞭解一些海川的具體情形。誒，丁益，你別說，這個邵依玲未婚，又長得超級漂亮，學歷也好，你倒是不妨考慮追追她。」傅華打趣說。

丁益敬謝不敏地說：「傅哥，你饒了我吧，我可沒這個膽量，人家可是市領導啊，我們家的廟太小，供不起這尊大菩薩。我可不想娶一個還要看她臉色的女人回家，那我就不是找老婆，而是找罪受了。」

傅華笑說：「你不追她可是你的損失。好啦，你追不追她可以先放在一邊，回頭我安排你們父子跟她一起吃頓飯吧，她對海川的情況還不很熟悉，你們父子倆幫我關照她一下。」

丁益爽快地說：「你安排就是了。誒，傅哥，你說你又有女朋友了，什麼樣的女孩啊？」

傅華說：「我找的女朋友當然不會差啦，回頭你來北京，我帶給你看就是了。」

丁益笑笑說：「那我真要早點去北京走一趟了，看看我這個新嫂子究竟長什麼樣子。」

「放心吧，保證不會讓你失望的。」

結束跟丁益的通話，傅華就打電話給邵依玲。

邵依玲接了電話，說：「師兄啊，不會這麼快就想我了吧？」

傅華笑說：「我倒是沒想你，不過有人已經開始想你了，而且還想得不輕呢，你來駐京辦的事，海川已經有人知道，開始惦記著要怎麼來追逐您這個美女市長了；剛才就有朋友打電話來，想要我安排跟您一起吃飯呢。」

邵依玲嚇了一跳，說：「不會吧，消息傳得這麼快啊，那我以後去駐京辦可真是要小心了。」

傅華說：「我跟我的朋友說了您要去海川任職的事，您到海川後，找個時間跟他們一起吃頓飯吧。我這個朋友的家族在海川商界算是很有影響力的，跟他們認識一下對你也有好處。」

邵依玲甜甜地說：「好的，師兄，先謝謝你了。」

第七章

豔驚全場

邵依玲笑了笑說：「誒，師兄，
你在海川的朋友有沒有跟你談起過我啊？」
傅華笑說：「他們對你的感覺，那就是豔驚全場。
誒，你跟丁家父子一起吃過飯了嗎？」
「還沒呢，這幾天太忙了，我還沒騰出時間約他們呢。」

隔天，省委組織部的白部長帶著趙公復、邵依玲來到海川，公佈了省委對海川市領導班子的最新安排。

一夕之間，海川市領導班子來了次大洗牌，格局上也有了很大的改變，暫時來看，孫守義失去了曲志霞這枚能幫他掌控市政府的關鍵性棋子，再也不能像以前那樣完全掌控市委市政府兩家的局面。

胡俊森對他被任命為常務副市長說不上太高興，這離他期望的位置還有段距離。不過也談不上失望，畢竟常務副市長的權力比原來的大很多，對他算是仕途的進步。

這次人事安排唯一讓全場幹部都感到眼前一亮的，就是新來的女副市長邵依玲，那些本來開會都打不起精神來的男官員們，看到邵依玲眼睛都亮了。甚至連一向嚴肅的白部長在介紹邵依玲履歷的時候，臉上都掛著笑容。當白部長介紹完，邵依玲站起來跟會場上的人鞠躬打招呼時，會場上更是響起了雷鳴般的掌聲，比給白部長的掌聲都熱烈得多。

作為今天主角的趙公復本來還對被邵依玲搶了他這個新市長的風頭心裏不滿，此時看到邵依玲嬌羞的樣子，心中的不滿馬上就如烈日下的冰雪般消融了，心中只覺得自己實在是有些太小肚雞腸了。

遠在北京的傅華接到丁益的電話。丁益說：「傅哥，我看到邵依玲了，真像你說的那樣，是個大美女啊。現在她已經成了海川市最熱門的話題人物了，官員們在酒桌上都是談論著她呢。」

傅華取笑說：「你特別打電話來，是不是想告訴我你想追她啊？」

丁益說：「不是啦，我是想問你有沒有跟她約好吃飯的時間。」

傅華說：「既然你不想追她，那你這麼急幹嘛啊？」

丁益笑說：「不想追她，不代表不想認識她啊，這樣的美女坐在身邊一起吃飯都是種享受的。」

傅華笑罵說：「你就花癡吧。好了，我已經跟邵依玲講了，等她有時間自然會跟你聯繫的。」

正當傅華在想著邵依玲在海川政壇成功亮相之時，手機響了起來，是陸豐打來的，大概是陸豐有秦宇升的消息了，他趕忙接通了，說：「陸叔，什麼事啊？」

陸豐說：「傅董，秦宇升終於從他租的房子裏出來了，看樣子是趕去跟什麼人見面。」

傅華說：「可能是段勇新通知他了，陸叔，讓你的人跟緊他，看看他究竟是跟什麼人見面。不過要小心些，千萬不要讓他發覺我們在跟著他。」

陸豐說：「這我知道，我已經叮囑我的人要小心防範他了。」

傅華說：「那就好，發現什麼新情況，隨時跟我聯繫。」

一個小時後，陸豐的電話再次打了過來：「傅董，跟蹤秦宇升的人告訴我，秦宇升和段勇新進了一家小餐館的包廂，他們在包廂裏說了什麼不清楚，不過看得出來兩人的會面並不愉快，離開餐館的時候，段勇新的臉色鐵青著，秦宇升則是喊著：『姓段的，我的耐心是有限的，你如果再不老實的話，別說我對你不客氣！』」

傅華聽了說：「看來這兩個人的矛盾已經激化了，不出意料的話，段勇新和李凱中將會有所行動，只是不清楚他們是給秦宇升錢呢，還是想要做掉秦宇升。」

陸豐研判說：「我看給錢的可能性不大，李凱中要付出多少的心機才能得到這些不義之財啊，怎麼可能會隨便給秦宇升呢，我估計他們一定是要對秦宇升下毒手了。」

傅華也認同陸豐的判斷，李凱中和段勇新已經被秦宇升逼到了牆根，這時候除了滅掉秦宇升外，再無其他的選擇了，除非他們願意等著被秦宇升檢舉去坐牢。

傅華想了想說：「陸叔，讓你的人繼續盯緊了秦宇升，看看李凱中和段勇新接下來會有什麼行動。」

此時傅華面臨著兩個選擇，一是把李凱中、段勇新和秦宇升之間的通話錄音寄給相關部門，讓相關部門查處這件事，這樣的好處是可以保住秦宇升的命，但是卻會讓寧慧被牽連進去；第二個選擇是對這件事作壁上觀，無論李凱中和段勇新怎麼去對付秦宇升都不去管。這樣秦宇升很可能凶多吉少，寧慧卻可以借此平安的離開國內，逃過牢獄之災。

從感情上，傅華自然傾向有利於寧慧的第二個選擇。

傍晚，冷子喬打電話來，說：「晚上別安排應酬，我媽要跟你吃飯。」

傅華說：「好啊，丈母娘要見女婿，我自然是樂於從命了。」

晚上，傅華去接了冷子喬，一起去約好的地點。

寧馨比約定的時間晚了快半個小時才到，讓傅華介意的是，寧馨見了他，連陪著笑臉打招呼都沒有，只嗯了一聲就板著臉坐了下來。

席間的氣氛就有些尷尬，這也苦了冷子喬，她竭力的想要討好寧馨，寧馨的臉卻依舊板得緊緊的；傅華也是不冷不熱的，絲毫沒有要幫她一起討好寧馨的意思，整個飯桌上成了冷子喬的獨角戲。

到後來，傅華都覺得冷子喬實在是有些可憐了，忍不住說：「阿姨，您今天約我吃飯，不會只是為了給我臉色看的吧？」

冷子喬沒想到傅華會直接發作，趕忙推了傅華一把，說：「傅華，你怎麼這麼跟我媽說話啊？」

傅華冷冷地說：「子喬，你別管了，我不是不尊重她，而是她要人尊重也得有讓人尊重的樣子。」

寧馨哼聲說：「怎麼，讓你受這麼點委屈就受不了啦？你知道我的心情嗎，我養了二十多年的女兒，付出那麼多的辛苦，卻被你趁虛而入，一夜之間就拐走了，我心裏有多委屈啊?!」

傅華說：「阿姨，您這麼說是錯的，我並沒有要拐走您的女兒，是您非要把我們的關係給對立起來的。我真不明白您怎麼就那麼看不上我，是，我是離過婚，還有孩子，但這不代表我就不能給子喬幸福啊。」

「怎麼，」寧馨叫道：「叫你這麼說，責任還都是我的了。」

傅華絲毫不懼地說：「當然是啦，子喬陪盡了笑臉想要討好您，您呢，臉上連個笑的意思都沒有，您知道這會讓子喬有多傷心嗎？」

寧馨火了，嚷道：「看到子喬這個樣子，你以為我不傷心嗎？她長這麼大，什麼時候這麼低三下四過啊？你呢，坐在那裏一副死樣子，根本就沒把子喬的委屈放在心上，看到自己的女兒付出了這麼多卻不被人家在乎，你讓我這個當媽的怎麼能夠高興得起來？又怎麼能放心的將她交給你呢？」

冷子喬看兩人吵了起來，趕忙勸解道：「好了，你們一人少說幾句吧。媽，傅華不像你想的那樣，他對我很好的。」

寧馨苦笑說：「他這時候想跟你在一起，自然是花言巧語的哄著你，傻丫頭，看一個人不能只聽他的花言巧語，還要看他的具體行動的。」

「媽，你不懂，」冷子喬說：「傅華在我面前從來都沒說過什麼花言巧語，我可以感受得到他是真心對我好的。」

寧馨搖搖頭，說：「傻丫頭，我真不知道你中了什麼邪，怎麼就這麼認定他了呢？好吧，你們的事我再也不管了。」又轉頭看著傅華，說：「不過有兩點我要講在前面，第一，你不要以為我和子喬是女人就好欺負，如果被我知道你辜負子喬的話，我會不惜一切幫她討回來的。再是我的企業是我一手經營起來的，將來我會留給子喬，你就不要想打什麼歪主意了。醜話我可是說在前頭，省得將來你為此對我不滿。」

寧馨這麼說的意思是，他打冷子喬的主意，目標其實是衝著寧馨的公司來的，這讓傅華感覺十分羞辱。

餐桌上的氣氛冷到了極點，大家都沒有什麼胃口再吃下去了，寧馨就說有事先行離開了。

傅華的心情也很不爽，看著冷子喬，強笑說：「不管怎麼樣，你媽總算是不再管我們的事了，這也算是個進步吧。」

冷子喬心情也不佳，意興闌珊地回說：「傅華，你就別再去在意我媽的態度了，我很累了，我們回家吧。」

兩人回到笙篁雅舍，一路上冷子喬都是緬著個臉不說話，兩人間的氣氛就有些壓抑。

一會兒，傅華的手機響了起來，是安部長。

安部長語氣凝重地說：「傅華，有件事我必須要跟你說一下。」

傅華聽安部長的語氣有些不太對勁，趕忙問道：「怎麼了安部長，出了什麼事嗎？」

安部長說：「你還記得我曾經答應你，會保證你的朋友不受齊隆寶的牽連嗎？」

傅華說：「我記得啊，不會是出了什麼問題吧？」

安部長歉意地說：「就是這上面出了點問題。」

傅華有些急了，這可是關係到朋友安危的大事，最讓傅華擔心的就是喬玉甄，喬玉甄曾經幫齊隆寶做了很多非法的事，一定會牽扯到她的。

「安部長，你們怎麼能夠這樣啊，當時您可是答應得好好的。」傅華不滿地說。

安部長歉疚地說：「我也很無奈啊，我現在已經不是部長了，就沒有人再拿我說的話當回事了。」

傅華趕忙問道：「那他們想要追究誰？」

安部長說：「別的人都還好，唯獨那個喬玉甄有些問題。」

傅華最不願意聽到的就是喬玉甄有事，他還期待齊隆寶的事結束後，喬玉甄就可以帶著女兒回國，他就能看到可愛的女兒了。但安部長說的話，完全粉碎了他的期待。

傅華很不高興的說：「你們實在是太差勁了，這不是卸磨殺驢嗎，要不是喬玉甄跟你們合作，你們根本就無法抓到齊隆寶的。」

安部長安撫說：「這我知道，我也不想這麼做，不過我們也有苦衷，齊隆寶在審訊中把事情都推給了喬玉甄，領導就覺得喬玉甄牽涉到這麼多罪行，不追究她無法向大眾交代。另外，從證據的角度上講，喬玉甄也是有必要到案作出解釋的。」

「這不可能，」傅華堅決地說道：「現在魏立鵬和齊隆寶的人都想找機會報復她呢，喬玉甄回國的話，肯定會被抓起來的。」

安部長說：「結果如何我就不好說了，反正相關部門想這麼做，我能跟你說的也就這麼多了。」

傅華聽出安部長打電話的用意是在告訴他，相關部門想要追究喬玉甄的責任，讓他想辦法把這個情況告知喬玉甄，讓喬玉甄千萬不要回國。

傅華便說：「安部長，我明白您的意思了，謝謝您告訴我。」

安部長愧疚地說：「不要這麼客氣了，是我該說抱歉才對，我答應了你的事卻做不到，真是慚愧啊。」

結束跟安部長的通話後，傅華本來就有些鬱悶的心情更差了。

當初是他把喬玉甄拖進了這件事中，害得喬玉甄不得不遠避異國他鄉，讓他覺得很對不起喬玉甄。然而，眼前的當務之急還是要趕緊通知喬玉甄這個新狀況，讓她千萬不要回國。

傅華趕忙撥通了呂鑫的電話。「呂先生，齊隆寶那個案子有些變化，事情都被齊隆寶推到了那位朋友身上，有人想找那位朋友出來。」

呂鑫哦了一聲，笑笑說：「他們恐怕要白費心機了，那位朋友現在可不太好找啊。」

傅華聽了，明白喬玉甄母女現在是安全的，放下心道：「這樣啊，我知道了。」

結束了跟呂鑫的通話，傅華疲憊地靠在沙發上休息。

這時，一旁的冷子喬問道：「傅華，這個喬玉甄是誰啊，你為什麼這麼緊張啊，我以前怎麼從來沒聽你說過她的事呢？」

傅華有些心煩，覺得冷子喬真是不會看眼色，難道她看不出來他現在很煩嗎？他克制自己的情緒，儘量語氣平緩的說：「喬玉甄是我的一個朋友，在我認識你之前她就不在國內了，所以我就沒跟你聊起過她的事。」

「你們以前關係很好嗎？」冷子喬追問道。

冷子喬的問話讓傅華越發感覺煩躁，說：「好了，子喬，你就別再問了，我現在心裏很煩。」

「看這個樣子，你們的關係應該是不錯了，」冷子喬諷刺說：「你的情史還真是豐富啊，身邊的女人層出不窮。」

傅華有些壓抑不住心頭的煩躁，回說：「你這麼說是什麼意思啊，你是不是也像你媽那樣，覺得我靠不住啊？」

「你這麼大聲衝著我嚷幹什麼啊？」冷子喬也火了，叫道：「我如果覺得你靠不住的話，就不會跟我媽鬧翻，跟你在一起了。」

傅華也覺得自己有些過分了，說道：「好了，子喬，我們別吵架好不好，我現在很煩。」

「很煩你就衝著我發火啊？」冷子喬抱怨說：「傅華，我現在真是很懷疑，你是不是真的那麼在意我啊？」

傅華看著冷子喬說：「子喬，你如果想要的是一個浪漫、什麼事都哄著你的男人，那很抱歉，我不是這樣的男人，我經歷過的事情太多，我的心已經累了，實在是浪漫不起來了。我想要的是一種簡單的生活，所以你還是想想清楚，到底還要不要跟我在一起，如果你不想跟一個無趣的男人在一起的話，我也能理解，那我們就和平的分手吧。」

冷子喬看了眼傅華，說：「你這麼說是什麼意思啊，是想甩了我嗎？」

傅華說：「我哪裡捨得啊，只是剛才你媽和喬玉甄的事都擠在了一起，讓我實在是很煩躁，你又在這時候問這問那的，我才控制不住自己。對不起啊。」

「別跟我說對不起，」冷子喬說著，靠進傅華的懷裏，說：「是我在我媽這件事上給你太多的壓力了，行了，以後我不再要求你去忍讓她了。誒，跟我說說那個喬玉甄吧，既然她的事能讓你那麼煩，說明她是一個對你很重要的人，你跟她之間一定有故事。」

傅華笑笑說：「我可以告訴你我跟她的事，不過先聲明，你不准瞎吃醋。」

冷子喬乖巧地說：「看來這個故事很有聽頭啊，好吧，我答應你不吃你這個老情人的醋就是了。」

傅華說：「說起來，我也不知道該怎麼去定義我跟她的關係，是該把她當做朋友還是情人……」

傅華就將他跟喬玉甄是怎麼認識，怎麼成為朋友，又是怎麼跟齊隆寶結怨的種種往事一一吐露了出來。

「你跟喬玉甄還有一個女兒？」冷子喬訝異地說。

傅華說：「是啊，那是一次意外的驚喜，本來我們是約好再也不相往來的，哪知道喬玉甄竟然懷了我的女兒。」

冷子喬說：「你和她的女兒一定很可愛，可惜她無法回來，不然我真想看看你女兒是什麼樣子。」

兩人正說著話，陸豐打電話來，說：「傅董，我這邊出了點狀況，我的人把秦宇升給跟丟了。」

傅華一驚，說：「怎麼回事啊，怎麼把人給跟丟了呢？」

陸豐說：「是這樣子的，晚上八點左右的時候，秦宇升從租住的地方出來，跟段勇新在一家小餐館見了面，好像談得還挺愉快的，兩個人是笑著從餐館裏一起出來的。出來後，兩人分了手，秦宇升就上了一輛計程車，去了一家很大的商場，把我派去跟蹤的人給甩掉了。」

傅華沉吟了一下說：「這個倒也正常，他可能是怕段勇新派人跟蹤，找到他的住處，所以才會這樣甩掉跟蹤的人。如果沒什麼意外的話，他應該會回到他住的地方。」

陸豐回說：「我派人去看了，現在離我們跟丟他的時間已經過去了一個多小時，他還是沒有回來。」

「這就有問題了，一種可能是他去辦別的事了，所以才沒有回住的地方；一種可能是他覺得原來住的地方不安全，所以換地方住了……陸叔，你覺得他會去做什麼啊？」

陸豐說：「這個還真不好說，不過我最擔心的是，他又被段勇新收買，繼續去對寧慧下毒手，那寧慧就很危險了。所以傅董，你是不是再想辦法加強一下病房的保安措施啊？」

傅華聽了說：「陸叔你說得對，這個還真是不得不防，我馬上就讓人加強病房的戒備，你也趕緊想辦法把秦宇升給我找出來。」

結束通話後，傅華對冷子喬說：「子喬，你阿姨那邊，晚上有幾個保安值班啊？」

冷子喬說：「現在是兩個人輪流值班，上下半夜輪換。」

傅華想了想說：「這還是有點單薄，那個殺手秦宇升脫離了我朋友的監控，我擔心他會去病房對阿姨不利，你趕緊打電話去，讓那兩個保安不要輪換，今晚辛苦一點，兩個人一起值班吧。」

冷子喬就趕忙打電話給病房，安排完，傅華仍是無法安心，就帶著冷子喬一起去了寧慧的病房。

這一夜倒也平安，並沒有發現任何可疑的地方。

天亮時，他給陸豐打了電話，問他有沒有找到秦宇升的下落。陸豐說他的人找了一夜，也沒找到有用的線索，秦宇升仍是沒有回到住的地方。

傅華覺得秦宇升很可能是凶多吉少，便讓陸豐想辦法去秦宇升住的地方看一看，半小時後，陸豐回報說，秦宇升住的屋子裏什麼東西都沒動，隨身衣物都在，看樣子不像要離開的樣子。

傅華憂心地說：「陸叔，不出我意料的話，秦宇升應該是已經慘遭毒手了。」

陸豐說：「你的意思是段勇新對他下毒手了？」

傅華說：「應該是的，不然秦宇升怎麼會憑空消失了呢？搞不好昨晚段勇新約秦宇升見面就是設計好圈套等著他往裏面鑽呢。誒，陸叔，你昨天有沒有安排人盯著段勇新啊？」

陸豐說：「這倒沒有，我的目標是秦宇升，就沒太過去注意段勇新的行蹤。」

傅華懊惱地說：「這是我的疏忽，如果我們昨天盯緊段勇新，就會知道秦宇升究竟發生什麼事了。陸叔，你現在趕緊讓人盯緊段勇新，特別要注意他有沒有去接觸類似秦宇升這樣的傢伙，防備他再找殺手對寧慧下手。」

陸豐立即答應說：「好，我會讓他們注意的。」

結束通話後，傅華又叮囑冷子喬在病房要多注意安全，這才離開醫院，去駐京辦上班。

在辦公室裏，他通盤的想了一下，如果秦宇升真的被李凱中和段勇新給除掉的話，李凱中和段勇新就不再受牽制，就會想辦法再來對付寧慧了。而寧慧完全處於守勢，只能被動的等李凱中來打擊她，這顯然對寧慧很不利。

加強保安雖然是個辦法，卻也無法保證寧慧能夠得到百分之百的保障。傅華很不甘心自己這邊提心吊膽的，李凱中卻是逍遙自在。他一定要想個辦法出來嚇一嚇李凱中和段勇新；另一方面也牽制這兩個混蛋，不讓他們有時間去傷害寧慧。

那要怎麼去牽制李凱中和段勇新呢？傅華想到，李凱中和段勇新並不知道陸豐在他們身後監控著他們的行蹤。也就是說，這兩個人並不知道他們的犯罪行為都在別人的掌控之中。

這是他的優勢，傅華覺得他可以利用這一點，再加上一點虛虛實實的手法，足可以把李凱中和段勇新給玩得團團轉。

傅華的計畫是給李凱中或段勇新發封匿名信過去，兩人接到信後，一定會疑神疑鬼，繼而開始互相猜忌，懷疑是對方洩露了秘密，接下來的事一定會變得很好玩的。

於是傅華就找了一張空白的信紙，用左手寫說「我知道你對秦宇升做了什麼，你等著吧，我會讓你得到報應的。」然後找了個信封，寫下李凱中在國資委的地址，把信裝進信封，將信寄了出去。

想到隔天李凱中收到這封信時可能會有的恐懼表情，傅華臉上露出一絲詭異的笑容。

轉天下午，傅華就接到陸豐打來的電話，說：「傅董，出現了一個新狀況，那個國資委的副主任李凱中突然出現在段勇新的公司，這傢伙以前可從來沒出現在這裏過。」

傅華知道這是他寄給李凱中的那封信起了作用，狗咬狗的好戲要再度上演了，傅華心中不禁偷樂了起來，問道：「那陸叔，李凱中去那裏究竟做了些什麼？」

陸豐說：「不知道他去幹什麼，只看到他和段勇新關上門嘀咕了好半天，到現在也沒出來。」

傅華心裏偷笑了一聲，心說這兩個混蛋一定是在商量除掉秦宇升這件事是怎麼洩露出去的，兩人心中現在肯定是十分惶恐不安。

確實是，此刻在段勇新的辦公室裏，段勇新和李凱中都是一副眉頭緊皺的樣子，相對而坐，也不說話。

過了一會兒，李凱中打破沉默，說：「段董，你再好好想一想，你確定秦宇升身邊沒有什麼同伴之類的？」

段勇新煩躁的說：「你要我說多少遍啊，我下手除掉秦宇升前，找人調查過他，他孤身一人，自己住在一間房子裏，從來沒看到過有誰跟他有過密切的來往。」

李凱中猜測說：「那有沒有人碰巧看到你除掉他的過程啊？」

段勇新說：「不可能的，我把他騙到西郊的一間倉庫裏，說要在那裏給他一千萬。他去了之後，我先把他給麻醉了，然後直接把他埋在倉庫裏，整個過程別說有人看到了，連個鬼影子都沒有。」

李凱中狐疑地說：「那就邪門了，寫這封信給我的人究竟是誰啊？」

段勇新說：「我也覺得很邪門，真不知道他是怎麼知道我們殺了秦宇升的。誒，李副主任，你說會不會這個人並不知道詳細的情形，只是猜到是我們殺了秦宇升，所以才寫這封信給你想嚇唬嚇唬你，看你會不會自己招供。」

「這個嘛，」李凱中想了想，說：「倒也不是不可能，不過就算是如此，這個寫信人的存在對我們也是個很大的威脅，必須趕緊想辦法除掉他才行。」

段勇新嘆說：「這可就難了，這個人既然猜到秦宇升出事了，一定會對我們有所防範的，想要對他下手一定不容易。」

「這都要怪你啊，」李凱中不滿地瞪著段勇新說：「要不是你找了秦宇升這個混蛋來殺寧慧，也不會有這麼多亂七八糟的事情了。」

「這你怎麼能怪我啊？」段勇新不滿的說道：「當初可是你非要把寧慧給拖進來的，說什麼她跟了你那麼多年，你要給她一點回饋；你倒是有良心了，可是那婊子是怎麼報答你的啊！」

李凱中不悅地說：「這件事寧慧一開始並沒有做錯什麼，要怪就怪你疑神疑鬼，她跟傅華見面本來沒什麼的，你非要讓你的人去查傅華的房間，結果讓寧慧起了疑心，事情這才有了變化的。」

「哼！說了半天都變成是我的錯了，」段勇新生氣地說：「那三千萬的貸款都要從寧慧的手中過，我如果不小心些的話，到時候她把錢都拿走了，看你怎麼辦啊！」

李凱中反駁說：「寧慧跟了我那麼多年，對我一向很忠心，是你讓她覺得我不信任她，她才跟我反目的。」

「好，好，」段勇新嚷道：「什麼都是我的錯，寧慧一點錯都沒有，既然你覺得他這麼好，那為什麼你還要我找殺手殺了她啊，你為什麼不把三千萬美金都給她呢？」

「你什麼意思啊？」李凱中看著段勇新說：「我怎麼聽你這話，像是對我很不滿啊？所以你才會寄那封匿名信來嚇唬我是吧？」

「什麼，」段勇新叫道：「你懷疑那封信是我寄的？」

「難道不是嗎？」李凱中道：「只有你知道秦宇升被殺的事，我真想不出來，除了你之外，還有誰會給我寫這樣的信。」

段勇新急道：「李凱中，我們也算是認識很久了，你對我是什麼人還不瞭解嗎？你看我什麼時候去害過我的朋友啊？」

李凱中想想說：「好了好了，我相信你就是了。不過，不是你的話又會是誰啊？」

段勇新說：「你現在不用費那個腦筋了，不管這個混蛋是誰，他寫這封信給你肯定是有所圖的，我想只要我們等待一下，他一定會跳出來向你提出要求的，那時候我們再來想辦法抓住他就是了。倒是該商量一下寧慧這邊怎麼辦吧？」

李凱中說：「現在還能怎麼辦啊？寧慧待在醫院裏，身邊時時刻刻都有保安在，難道你敢去病房殺了她啊？再說，我們現在應付秦宇升的事都應付不過來，哪裏還有可能再去對付她啊，算了，她這邊就先放下吧。」

段勇新說：「那三千萬的貸款呢？」

「到這時候你還惦記著那三千萬的貸款啊，」李凱中不滿的說：「你還真是要錢不要命啊。要是秦宇升的事應付得不好的話，恐怕我們連命都保不住了，還是先放一放吧，等把秦宇升這件事給解決了，再來考慮貸款的事吧。」

段勇新嚷道：「這筆貸款的前期活動資金可都是我墊的，你老這麼放下去，我公司擔負不起的。」

「擔負不起也要擔，」李凱中說：「這總比我們都被抓進去坐牢強吧?!」

段勇新嘆了口氣，說：「哎，放就放吧，真是倒楣。」

李凱中安撫說：「好了，耐心一點吧，等把秦宇升的事解決了，我想辦法再跟寧慧溝通一下，多給她一些好處，取得她的諒解，貸款的事就可以解決了。行了，我要走了，這兩天你警覺一點，注意一下有沒有特別的人出現在你公司附近。有的話，應該就是寫信給我的人了。」

段勇新說：「行啊，我知道了。」

與此同時，傅華接到陸豐的電話。

「傅董，李凱中剛一臉晦氣的從段勇新的公司離開，你說下一步我們該怎麼做？」

傅華覺得他那封信雖然起了擾亂軍心的作用，但是還沒有導致兩人決裂，但是懷疑的種子已經種下去了，下一步就要給這兩個混蛋一點時間，等著種子發芽生根長大了。

傅華便說：「陸叔，你就讓人密切注意這兩個人有什麼新動向，又接觸了些什麼人，如果看到他們接觸類似秦宇升那種人的時候，一定要馬上通知我。」

傍晚時分，傅華接到邵依玲打來的電話，傅華笑問：「邵副市長，履新的感覺如何啊？」

邵依玲吐苦水說：「就一個字，忙，成天有一大堆的事等著我去處理，忙得我像沒頭蒼蠅一樣。」

傅華安慰說：「你剛過去可能還不適應，等過段時間就好了。」

邵依玲笑了笑說：「也許吧，誒，師兄，你在海川的朋友有沒有跟你談起過我啊？」

傅華笑說：「當然有啦。他們對你的感覺，那就是豔驚全場。誒，你跟丁家父子一起吃過飯了嗎？」

「還沒呢，這幾天太忙了，我還沒騰出時間約他們呢。師兄，我打電話給你，主要是有件事想要你幫我拿個主意。」

傅華問：「什麼事啊？」

邵依玲說：「明天上午趙市長要召開他到任來的第一次市政府常務會議，我這裏有一份發下來的討論議題列表，其中就有伊川集團冷鍍工廠的貸款如何處置這個議題。」

「不會吧?!」傅華有點不太相信趙公復會這麼快就來討論這個議題，他當初跟曲煒商量的是把這個問題盡量拖過敏感時期。他不明白趙公復為什麼要這麼急著去捅這個馬蜂窩呢？

邵依玲說：「怎麼不會啊，白紙黑字寫得清清楚楚的。」

傅華說：「我覺得趙市長不應該這麼急著去碰這個麻煩的。」

邵依玲說：「趙市長這麼做也有他的考慮。我大致瞭解了一下，現在的麻煩已經不僅僅是銀行貸款的問題，還牽涉到冷鍍工廠一期工程建設的款項以及安裝設備和工程所使用的材料款，有一大批人都在等著要錢呢，再拖下去的話，恐怕事情會越滾越大的。師兄，明天開會的時候，你說我對這件事應該持一個什麼樣的立場啊？」

傅華說：「你還是想把這件事拿過來自己去處理嗎？」

邵依玲說：「我是有這個想法，師兄你覺得可行嗎？」

傅華思索了一下說：「我不贊成你這麼做，原因有兩點，首先，這是常務副市長胡俊森分管的範圍，你要是伸手拿過來，會被胡俊森視為對他權力的一種侵犯。胡俊森是個個性很強的人，野心也很大。你這麼做，等於是奪走了他一次表現的機會，他一定會對你不滿的，你總不想一開始就給自己樹立一個強勁的對手吧？再來，你現在有能夠解決這個問題的成熟方案嗎？沒有吧？如果光憑著一腔熱血就把問題攬下來，將來解決不了，不但不會讓你露臉，反而會很丟面子的。」

邵依玲沉吟說：「師兄，那你的意思是讓我不要插手，作壁上觀？」

傅華說：「我的意思是你甚至連意見都不要說，反正也有現成的藉口，就說你新到海川，還不熟悉情況，因此無法發表意見。」

邵依玲嘲笑地說：「師兄啊，我發現你做駐京辦主任真是委屈了，你明明很精於做官的嘛，估計就算是給你個市長做做，你也能從容應付的。」

傅華聽得出來，邵依玲這是在正話反說譏諷他，便說：「我知道你在笑我怕事，但是你要搞清楚，善於審時度勢是個優秀幹部必須要具備的要件，想要做事的心是好的，但是如果選擇的時機不對，把事情給搞砸了，那可就把好事辦成壞事了。」

邵依玲受教地說：「好，我明白你的意思了。」

與此同時，在離邵依玲辦公室不遠的市長辦公室裏，趙公復也在思考著要如何解決冷鍍工廠的事。

在來海川任職之前，曲煒曾經跟他有過一次深談，其中就談到了這個冷鍍工廠的問題。曲煒的建議是，為了穩妥起見，應該把這個問題往後放一放，等海川市政府的局面穩定下來後，再著手解決比較好。

但是趙公復對此卻有不同的看法。雖然他也知道這個問題很棘手，但是他卻覺得應該馬上解決這個問題。他的理由有三點，首先，冷鍍工廠的問題還在一個剛剛發作的階段，在這個階段想辦法解決，付出的代價是最低的，越拖下去反而問題越拖越大。

第二點，這個問題的解決涉及到海川市政府很多部門，他可以藉此熟悉市政府很多部門和工作人員，瞭解這些部門的運作情況，這等於他跑基層熟悉情況的過程，從而為掌控海川市政府打下基礎。

第三點，無論這個問題解決與否，都能讓省委領導知道他是個勇於任事的幹部，加上這件事本來的肇事者是姚巍山，他並不是直接的責任者，幾方面因素混合在一起，說不定省委領導會給他加分而不是減分。曲煒在聽完趙公復的看法之後，覺得也有道理，因此也就同意了他的意見。

趙公復評估過他目前在海川所面臨的形勢，現在對他掌控市政府局面的關鍵人物是常務副市長胡俊森，和分管工業的副市長邵依玲。

對胡俊森，曲煒對他做過詳細的分析，建議他要多尊重胡俊森，多聽取他的意見。把這個心高氣傲的人捧起來，他就不好站在他的對立面了。

至於如何對待邵依玲，趙公復則覺得相對來說容易些，因為他們有著共同的出身背景，都屬於團派，因此趙公復覺得他可以把邵依玲視為一個當然的盟友。

雖然趙公復很想得到胡俊森和邵依玲這兩人的合作，但是他並沒有馬上就明天他要主持的市政府常務會議去跟兩人交換意見，甚至連試探性的接觸都沒有。他把明天這次會議視作一塊試金石，想看看在什麼工作都不做的前提下，各方對他這個新市長究竟秉持著什麼樣的態度，然後就可以據此對他今後的行動進行必要的調整。

第八章
保護措施

即使信不是段勇新所寫，
也不代表日後段勇新不會拿這件事來要脅他。
這些髒事都是段勇新做的，如果把段勇新給滅口了，
就算發信的另有他人，
也不能再把這件事追到他頭上來了，
所以除掉段勇新也是個保護自己的措施。

第二天上午，海川市政府小會議室裏，趙公復主持召開了他接任海川市代市長以來的第一次常務會議。

會議整體的氣氛很融洽，每一個議題趙公復都先讓胡俊森和其他與會的人員談談看法。

胡俊森對此頗有當仁不讓的架勢，侃侃而談，趙公復聽來，胡俊森所提的意見倒也合理，並不過分，心裏多少鬆了口氣，覺得胡俊森的作風雖然有些狂妄，但是並沒有什麼不良企圖，是真心實意的想要解決問題。對這樣的人只要氣度大一點，多容忍些，就不是什麼問題了。

而邵依玲的態度相對胡俊森而言，則是謙遜謹慎許多，除了涉及到她分管的部分，其他她都以不熟悉情況為由，不肯談什麼具體的意見。而涉及到她分管的部分，所談的意見都很中肯，看得出來她事先做了功課。

議題終於討論到了伊川集團的冷鍍工廠項目了。曲志霞調離後，這部分工作就交接給胡俊森，因此胡俊森先彙報了冷鍍工廠的基本狀況。

胡俊森說完，趙公復就問道：「胡副市長，就你看，目前這個問題的困難主要集中在什麼地方？」

胡俊森說：「主要是兩方面，一是銀行主張要伊川集團提前還貸和一些工程建商和設備供應商催要欠款；另外就是伊川集團遲遲不肯復工，現在工程完全陷入停頓狀態。」

趙公復決議說：「那就馬上進行債務重組好了。」

胡俊森報告說：「可是要進行債務重組也面臨著幾項困難，一是伊川集團並不配合，董事長陸伊川滯留香港不歸，不肯跟債權人展開談判。二是對這個項目感興趣的廠商不多，沒有人想要接手。三是債權人，特別是銀行主張讓項目破產還債，不肯給伊川集團時間讓他們進行債務重組。」

趙公復說：「這些傢伙之所以急著讓伊川集團破產還債，大概都是瞄準我們市財政貸款擔保這一塊吧？伊川集團一旦破產，他們就可以要我們海川承擔連帶清償的責任了。」

胡俊森說：「這個是其一，主要是他們擔心我們主要的領導都更換了，拖延下去，新的領導會不認這筆帳。」

趙公復不禁說道：「那他們就不怕我不認這筆帳了？」接著說：「胡副市長，這個問題還是需要儘快予以解決，你跟債權人和伊川集團兩方面多做溝通，儘快促使兩方面都同意進行債務重組。可以嗎？」

胡俊森回說：「伊川集團這邊問題應該不大，政府有權逼迫陸伊川出面進行債務重組，銀行的問題就比較有難度了，我跟他們溝通過，他們的態度都很堅決，非要起訴伊川集團，讓他們破產還債不可。」

趙公復覺得一方面可能真的是銀行的態度堅決，另一方面也可能是胡俊森沒有處理好跟銀行的關係，胡俊森處事不夠圓滑，所以讓銀行的態度無法緩和下來。

趙公復不想跟銀行真的撕破臉，就說：「胡副市長，不好溝通也要儘量溝通。這樣吧，市裏幫你強化一下溝通的力量，讓邵副市長出面協助你做銀行的溝通工作，你看怎麼樣？」

「可以啊，」胡俊森笑說，幾大銀行的行長都是四十多歲的中年男人，邵依玲這個大美女出面，這些行長們肯定好說話得多。何況能夠跟邵依玲這個大美女一起工作，也是件令人賞心悅目的事。

趙公復看了一眼邵依玲，問道：「邵副市長，你的意思呢？」

邵依玲本來就想插手這件事，現在趙公復主動給她機會，她當然不會不願意了，就點點頭說：「市長您安排的工作，我自然只有服從的份了。」

趙公復滿意地說：「那行，這件事就這麼決定了。」

北京市，國資委，李凱中辦公室。

從那次在段勇新的辦公室見面之後，又過去了三天。

這三天當中，李凱中一直很留意自己收到的信件，他在等著寫那封匿名信的人寫來的第二封信。同時，李凱中也很留意自己的電話和身邊的人，想從中找到蛛絲馬跡。

但是李凱中失望了，這三天他沒有發現任何能與寫恐嚇信給他的人聯繫起來的東西。沒有新的信，沒有恐嚇電話，身邊的人也沒有任何可疑的地方，似乎寫信恐嚇他的人把信發給他後，就把他給遺忘了一樣。

這就有些奇怪了，如果寫信恐嚇他的人並不想從他這裏得到什麼的話，那他寫這封信就沒什麼意義了；可是如果他想得到什麼的話，為什麼這個傢伙又不再跟他聯繫了呢？

李凱中想了很久，想到最後，他又把懷疑的對象瞄準了段勇新。因為就目前的情況來看，知道他謀殺秦宇升的人，就只有段勇新一個人，也就是說，只有段勇新才能寫信給他說知道他對秦宇升做了什麼。

接下來的問題就是段勇新為什麼要這麼做，這李凱中就又有些想不明白了，他找不出段勇新恐嚇他的理由，難道段勇新僅僅是想嚇唬嚇唬他嗎？還是想借這封信暗示他，讓他在三千萬貸款這件事情上分給他更多的利益?!

可是這些理由都很牽強，因此李凱中也無法就此斷定一定是段勇新寫了那封恐嚇信，他決定把這件事稍微再放個一兩天，也許那個人很有耐心，會再等一兩天才跟他接觸。

於是李凱中就又等了兩天，但是這兩天還是風平浪靜。李凱中心中就有點發毛了，開始認定那封信可能真的是段勇新寫的。

為了進一步確定這一點，李凱中打電話給段勇新，想試探一下段勇新。

李凱中問：「我想問你，你這幾天有什麼風吹草動嗎？」

「沒有啊，」段勇新說：「什麼動靜都沒有。你那邊呢，那個寫信給你的人，有沒有主動跟你聯繫啊？」

「沒有啊，」李凱中說：「我這幾天特別留意了信件，那個人再也沒有寄什麼信過來，也沒有任何要跟我聯繫的跡象。」

「那就怪了，」段勇新狐疑地說：「這傢伙究竟怎麼回事啊，怎麼會一點動靜都沒有了呢？」

李凱中說：「這個我也不清楚，暫且別去管他了，還是來談談那筆貸款的事吧，那筆貸款不能拖得太久，否則前期所做的運作可能就沒用了。」

段勇新說：「是啊，我也覺得不能再拖了。不過這筆貸款要想辦下去，必須要過寧慧那一關，你打算拿她怎麼辦啊？」

李凱中說：「她不是什麼大問題的，我覺得多給她一點分成就好了。你看這樣行不行，你和我都拿出百分之十來給她，這樣她就能拿到三千萬美金的一半了，我想她也該滿足了。」

「憑什麼啊？」段勇新嚷了起來，「憑什麼從我的分子裏往外拿百分之十啊？我為這件事付出了那麼多，沒跟你多要就不錯了。」

李凱中埋怨說：「誒，段勇新，你多付出什麼啊，大家都是一條船上的，做的事都是為了解決一些必要的麻煩。」

「話可不能這麼說，」段勇新訴苦說：「出面找秦宇升的人是我，除掉他的人也是我，你知道這讓我擔了多少的責任嗎？最少會讓我少活十年的。我倒覺得百分之三十太少了，你能再給我增加百分之十才對，也不枉我這麼擔驚受怕的。至與寧慧那邊，你們倆是穿一條腿褲子的，誰多點誰少點都一樣，你願意給她百分之十就給她好了。」

李凱中心中有點惱火，心想：你這傢伙還真的想要多敲我一筆啊。不過李凱中不敢對段勇新發火，就說：「別說那些廢話，拜你所賜，寧慧現在跟我可是勢不兩立，好了，既然你不肯，我再想別的辦法吧，就這樣吧。」

掛斷了段勇新的電話，李凱中坐在那裏思考起這件事。他覺得那封信即使不是段勇新寫的，起碼也是與段勇新有關的人寫的，秦宇升的事一定是從段勇新那裡洩露出去的。那段勇新的存在對他來說就是一個威脅了。

他對段勇新的貪婪十分瞭解，即使這次的信不是段勇新所寫，也不代表日後段勇新不會拿這件事來要脅他。另一方面，這些髒事都是段勇新做的，如果把段勇新給滅口了，就算發信的另有他人，也不能再把這件事追到他頭上來了，所以除掉段勇新也是個保護自己的措施。

接下來的問題，就是如何除掉段勇新這個禍患了。

李凱中想了一下，很快就有了主意，他想到了利用那封恐嚇信的辦法。他也找了張白紙出來，在上面潦草地寫道：「李凱中，你不要再心存僥倖了，我已經找到秦宇升的屍體了，你就等著坐牢吧。」

李凱中是想把這封信拿給段勇新看，說他懷疑段勇新埋秦宇升屍體的地方可能被發現了，然後逼著段勇新帶他去那個倉庫，讓段勇新把埋藏秦宇升的地方給挖開，然後趁其不備把段勇新也給殺掉，跟秦宇升埋在一起好了。

為了不引人注意，李凱中一直等到晚上八點多才打電話給段勇新，同時刻意買了一張新的電話卡。

可能是新號碼的緣故，段勇新一段時間才接通電話，說：「誰啊？」

李凱中故作慌張的說：「是我啊，段董啊，大事不好了。」

段勇新嚇了一跳，說：「怎麼了？」

李凱中說：「我剛才又接到一封信，信上寫他已經找到秦宇升的屍體了，你說寫這封信的人是不是發現了你埋秦宇升屍體的地方啊？」

「不可能的，」段勇新說：「我跟你說了，我埋秦宇升的時候，身邊連個鬼影子都沒有，那個倉庫這些天我一直都是鎖著的，根本就沒有人在用，根本就不會有人發現那個地方的。」

「你能確定嗎？」李凱中質問說：「你確定別人不知道那裏嗎？」

「我當然能夠確定了，」段勇新說：「那個地方根本就沒人去的。這肯定是那個寫信的人故弄玄虛，嚇唬你的。」

李凱中裝作驚慌地說：「這樣吧，你帶我去看看埋葬宇升的那個倉庫，只要確定埋他的地方沒被人動過，我就相信這封信是在故弄玄虛的。」

段勇新遲疑了一下，說：「現在去啊？已經八點多了，有點晚了。」

李凱中說：「就是晚上才沒有人會注意我們啊？你在哪裡，我現在過去接你好了。」

段勇新無奈地說：「好吧，我在家，你馬上過來吧。」

李凱中就開車去接了段勇新，然後去了段勇新所說的那個倉庫。

段勇新開了倉庫的大門，領著李凱中去到一個角落，指了指角落的地上，說：「秦宇升就埋在那裏，你看，那塊地方根本就沒動過的樣子。寫信的那個人根本就不可能知道這裏的事的。」

李凱中卻一副懷疑的表情說：「你確定秦宇升還埋在下面？」

「怎麼，你還不信啊？」段勇新說：「難道你非要我挖開這裏，讓你看到秦宇升的屍體才會相信嗎？」

李凱中點了點頭，說：「是的，我看不到他的屍體我是不會安心的，你趕緊找兩把鐵鍬來，我跟你一起挖。你別廢話了，趕緊找鐵鍬去，把秦宇升挖出來看看，我們好趕緊離開這個鬼地方。」

段勇新心中也不確定秦宇升的屍體有沒有被人發現，心想：挖出來看看也好，大家都安心，就去倉庫裏找了兩把鐵鍬來，跟李凱中一起挖了起來。

因為埋的時間不長，屍體上的泥土也沒被夯實，所以不到半個小時，段勇新就挖到了秦宇升的腳。段勇新就指了指秦宇升的腳說：「看到了嗎，秦宇升不是好好地躺在這裏嗎？挖到這裏可以了吧？」

李凱中卻執意說：「不行，我還沒看到他的臉，無法確認是不是他。我們再把他的頭挖出來。」

段勇新沒好氣地說：「好吧好吧，真是受不了你。」

段勇新就用力挖，而有心算計段勇新的李凱中卻在這時挺直了腰板，從挖出來的土坑裏跳了出去，假意地說：「累死我了，我要歇會兒喘口氣。」

段勇新不疑有他，取笑說：「你真是沒用，幹這麼點活就受不了了，你要知道這個大坑那天可是我自己挖的。」

「我哪裡幹過這種活啊，自然是比不上了。」李凱中虛與委蛇地說：「誒，你來這裏之前，沒告訴別人你和我要來這個倉庫吧？」

段勇新說：「我是傻瓜啊，告訴別人幹嘛，我們這可是來看秦宇升屍體的，當然是越少人知道越好啦。」

「你是不傻！」李凱中笑說。

這時，李凱中已經走到段勇新的身後去了，而段勇新尚且不知死期將至，依然在用力的挖著。李凱中看段勇新對他一點戒備都沒有，此時不動手更待何時？就用力的握緊了鐵鍬，然後把鐵鍬猛地一掄，狠狠地敲在段勇新的後腦上。

啪地一聲悶響，段勇新連吭都沒吭，直接就面朝下，倒在了土坑裏。李凱中擔心段勇新一下子沒死，因此接連又敲了段勇新的腦袋幾十下，直到確定段勇新已經死透了這才停手。

在朦朧的月光下，段勇新直挺挺的趴在土坑裏，腦袋周圍都是血，分外的恐怖。但是李凱中不但沒有絲毫的恐懼，反而有幾分興奮，這段時間積聚在心中的壓力在這一刻得到了徹底的宣洩，他反而有一種渾身上下都很舒暢的感覺。心說：原來殺個人這麼容易啊。早知道這麼簡單，就不用去找那個笨蛋殺手秦宇升了，他自己就能把寧慧給幹掉了。

這時，遠處突然傳來啪的一聲，聲音並不是很大，但是在寂靜的夜中分外的清晰。李凱中心中一凜，不由得握緊了鐵鍬，看向響聲傳來的地方，此刻，他是不介意再多殺一個人的。

但是看了半天，並沒有發現任何的異常，估計是風吹動了什麼東西造成的吧。李凱中轉身回到土坑那裏，把坑邊的土回填到坑裏，將段勇新的屍體埋了起來。

做完這一切，李凱中又冷靜地檢查了一下倉庫，確定沒有留下任何與他有關的東西，這才鎖好倉庫的門，開車離開了倉庫。

在回程的途中，李凱中感覺自己的精神還處於一種高度興奮地狀態之中，讓他立時想找個女人發洩一番，於是他拿出手機打給章丹麗。

章丹麗是單燕平正在投資拍攝的一部電視劇的女主角，是興海集團目前正在力捧的新星。單燕平將她介紹給李凱中，章丹麗見興海集團的大老闆都要討好李凱中，因此對李凱中格外的逢迎，李凱中也就把她當做情人在交往著。

章丹麗很快接了電話，媚笑著說：「李哥，這麼晚打電話給我，是不是想我了？」

李凱中笑說：「是啊，想你了，出來吧，讓哥哥好好疼你。」

章丹麗嬌嗔道：「死相，我也很想馬上去陪你，不過我現在不在北京，我老媽她突然病了，正好有個空檔，我就回家看她去了，不好意思啊。」

李凱中雖然失望，倒也不好說什麼，只得說：「這樣啊，那算了。」

既然章丹麗不行，只好換個女人了，於是李凱中把電話打給了中庭傳媒的董事長彭雪恩。

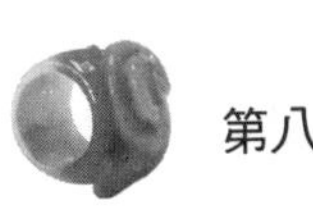

彭雪恩並沒有像章丹麗那麼快的就接了電話，而是好一會兒才接通，這讓李凱中有些不太高興，心中暗罵彭雪恩臭架子不小。

彭雪恩接電話的語氣也不是太高興，說：「這麼晚了找我幹嘛？人家都睡了。」

李凱中更加地不高興了，你這不是明知故問嗎？我找你還能幹嘛啊?!他耐著性子說：「別睡了，出來吧，我想見你。」

彭雪恩睏倦地說：「不要，我忙了一天，累得要死，不想出門了，有什麼事明天再說吧。」

李凱中心裏這個氣啊，心說今天還真是邪門了，這些臭女人竟然一個都不肯來伺候老子，老子現在可是一肚子邪火等著要發洩，要是等到明天，還不把老子憋死啊？

李凱中就毫不客氣的叫道：「你哪來的這些臭毛病啊，我現在就想見你，趕緊給我滾出來。」

彭雪恩雖然厭煩，卻也知道自己能坐上董事長的寶座，是與李凱中的大力支持分不開的，只好說道：「好了好了，發什麼火啊，我出來就是了。」

李凱中這才滿意地說：「那好，我在老地方等你。」

李凱中這一晚又是殺人，又是埋屍體，又是折騰彭雪恩的，累得不輕，和彭雪恩一完事，他就倒在床上睡了過去，這一夜居然睡得特別香甜，連夢都沒做一個。

第二天一早，傅華接到羅茜男的電話，羅茜男說：「你過來豪天集團一趟吧，昨晚發生了一些新的情況。」

傅華去了豪天集團，陸豐和羅茜男都在總經理辦公室等著他。

羅茜男看到他說：「傅華，那個段勇新可能已經被做掉了。」

傅華問道：「確定段勇新被殺了嗎？」

陸豐搖搖頭說：「雖然我們的人沒有親眼看到段勇新被殺，不過昨晚跟蹤段勇新和李凱中的人發現，李凱中在晚上八點多的時候去接段勇新，然後兩人一起去了一處很偏僻的倉庫，在裏面待了一段不短的時間，然後只有李凱中一個人從倉庫裏出來，段勇新卻不見了蹤影。」

傅華聽了說：「陸叔，你是懷疑李凱中把段勇新帶到倉庫去滅口了？」

陸豐說：「我覺得這個可能性很大。最令人奇怪的是，我查了一下，發現這家倉庫居然是段勇新公司擁有的產業，如果李凱中真的在這裏殺了段勇新，那這傢伙也太狠了，竟敢跑到人家的地盤上去殺人，難道他就一點也不怕暴露嗎？平常人要是殺人，都是精心算計過，這傢伙居然敢上門去殺人，還能騙得段勇新自願跟他去送死，想想我都覺得這傢伙太可怕了。」

傅華也咋舌說：「我也覺得李凱中這麼做很大膽。誒，陸叔，那個倉庫現在有沒有在使用啊？」

陸豐說：「那個倉庫沒有在使用，倉庫外表也很破爛，看樣子廢棄很久了。」

傅華猜測說：「搞不好秦宇升也是死在這裏，李凱中肯定知道這個倉庫的情形，只要找到理由，把段勇新騙去幹掉並不是什麼大問題，加上段勇新對李凱中沒有什麼戒心，殺一個毫無防備的人相對來說容易得多。那個地方本就偏僻，一般人不會去那裏，在那裏殺人也不太會被發現。」

羅茜男聽了，說：「你這麼說很有道理。不過，我和陸叔都很奇怪，我們的人跟蹤段勇新和李凱中也有一段時間了，沒看出他們之間有什麼矛盾啊，怎麼李凱中會突下殺手，殺了段勇新呢？」

傅華心知這是他寫給李凱中的那封信起了作用，讓李凱中和段勇新之間產生了猜忌，就笑笑說：「我覺得李凱中這麼做，是因為段勇新是他很多非法勾當的經手人，剪除段勇新的話，也就切斷了通向他本人的線索。那個秦宇升兩次謀殺寧慧都沒成功，卻轉過頭來敲詐他們，這給李凱中敲響了警鐘，現在他沒辦法再來殺寧慧，為了自保，也許就轉而從自己人下手，好切斷他涉案的嫌疑。」

羅茜男點點頭，說：「你分析得很有道理，那我們下一步該怎麼辦？要不要把這件事給揭發出來？」

「暫時不要，」傅華考慮了一下說：「現在李凱中出事的話，寧慧馬上就會被牽連進去，這對我們沒有什麼好處。何況事情真相我們還無法確定，如果到時候我們舉報了李凱中，卻找不到段勇新的屍體，那可就糗大了。」

羅茜男挖苦說：「行了，你就說你想保護你小情人的家人我們就明白了。」

傅華笑說：「你非要這麼想我也沒辦法。陸叔，跟監的過程你們有沒有留下什麼證據啊。」

陸豐說：「當然留了，你等一下，我去把照片拿給你看。」

過了一會兒，陸豐拿著照片回來，傅華看到照片上拍下了段勇新跟李凱中一起去倉庫，然後是李凱中一個人離開，接著去汽車旅館的全程經過。

傅華不經意的翻看著照片，在看到最後幾張照片的時候，一個令傅華十分驚訝的女人出現在照片裏。

傅華趕忙問陸豐道：「陸叔，你們是怎麼會拍到這個女人的啊？」

「你說這個女人啊，」陸豐看了眼照片，說：「這是我們跟蹤李凱中去賓館後拍到的，李凱中從倉庫離開後，就去賓館開了房間，不久這個女人就到了。據我推測，這個女人很可能是李凱中的情人。誒，傅董，你認識她？」

傅華說：「是的，這個女人是中庭傳媒的董事長彭雪恩，她也預售了豐源中心的辦公大樓。我知道她跟李凱中關係密切，卻沒想到居然密切到這種程度。」

這時，傅華的手機突然響了起來，看號碼竟然是彭雪恩打來的，不由得愣了一下，心說：人真是不經念叨啊，這邊才在討論她呢，她的電話就找上門來了。

彭雪恩笑說：「您好，傅董，您現在在公司嗎？」

傅華說：「我現在在外面有點事。您找我有什麼事？」

彭雪恩笑笑說：「是這樣子，我想去看看豐源中心的施工情形，不知道您什麼時候可以陪我去看一看啊？」

傅華怔了一下，從剛才那些照片所推測出來的情況來看，彭雪恩和李凱中的親密程度遠遠超出他的預計，這時候彭雪恩突然提出要去豐源中心看施工情況，這個女人會不會是受了李凱中的指示來找他麻煩的啊？

但是傅華又沒辦法拒絕彭雪恩這個請求，人家既然買了辦公大樓，自然有權要求來看看買的東西現在建成什麼樣子。就笑笑說：「現在就可以啊，半個小時後我就會回公司，您去公司找我，我再陪您去工地看就是了。」

彭雪恩聽了說：「那好，我們半個小時後見。」

掛斷電話後，傅華把照片收了起來，對羅茜男說：「彭雪恩要去工地視察，我要回去了。這些照片將來可能會用得到，我先帶走了。」

羅茜男點點頭，說：「行，你拿走吧。」

半個小時後，回到駐京辦的傅華接到彭雪恩的電話，彭雪恩問：「傅董，你回公司了嗎？」

傅華說：「我回來了。」

彭雪恩說：「那你下來吧，我在你公司樓下。」

傅華就帶著王海波，跟彭雪恩匯合，一起開車去豐源中心的工地。

彭雪恩依舊是一身得體的名牌套裝，打扮得乾脆俐落，要不是陸豐昨晚拍到了她跟李凱中幽會的照片，傅華真是想不到她會是李凱中的情人。

這種女人為了權力利益連這麼下作的事都做得出來，那她還有什麼事做不出來的呢？這也讓傅華對彭雪恩提高了警覺，因為她們為了能贏，什麼手段都可以使得出來的。

傅華和彭雪恩來到工地，余欣雁立即迎了出來，然後領著他們在工地上邊看邊介紹工程的進度。

在聽余欣雁介紹的過程中，傅華一直很注意彭雪恩的反應，想看看彭雪恩會從什麼地方對他發難。

彭雪恩神情專注，並沒有對工程進度表現出不悅或者有其他不滿，這讓想從她的神色當中尋找端倪的傅華，多少有些摸不著頭腦的感覺。

余欣雁介紹完，傅華便看了看彭雪恩，說：「彭董，怎麼樣，您對工程的施工進度還滿意嗎？」

彭雪恩點點頭說：「不錯，中衡建工不愧是老牌子的建設公司，施工情況比我預期的還要好。」

余欣雁在一旁聽了說：「那是當然了，我們公司向來是注重品質，遵守合同的。」

彭雪恩點頭說：「希望你們能把這種風格一直保持下去，如期向我們交付辦公大樓。」

余欣雁笑說：「那是一定的。」

看完工地，兩人向余欣雁禮貌地告辭後，彭雪恩對傅華說：「傅董，一會兒我去貴公司坐一下吧。」

傅華愣了一下，他本以為彭雪恩看完工地後，就會跟他各奔東西了，沒想到彭雪恩還要去公司。她想幹嘛啊？不會是從工地上挑不出來毛病來，就想從其他方面下手吧?!

傅華暫時壓下心中的好奇，說：「好啊，歡迎彭董去我公司做客。」

傅華和彭雪恩就一起去了海川大廈。

第九章

揭開底牌

彭雪恩說：「傅董，您這是在暗示什麼？」
現在還不是揭開底牌的時候，
傅華不想把他掌握的關於
李凱中謀殺段勇新和秦宇升的事告訴彭雪恩，
於是說：「我沒暗示什麼，
不過李凱中壞事幹多了，自然會倒楣的。」

在傅華的辦公室坐下來後，傅華不禁問道：「彭董，您是不是對豐源中心的施工有什麼不滿意的地方，卻又不好在中衡建工的人面前說啊？」

彭雪恩反問道：「怎麼，傅董，我非要對你們有所不滿才可以到貴公司來做客嗎？」

傅華有些困惑的看了看彭雪恩，他搞不清楚彭雪恩葫蘆裏究竟賣的是什麼藥，笑笑說：「當然不是了，我們公司隨時都歡迎您來做客。」

彭雪恩直白地說：「但是我感覺得出來，您對我有一些戒心，這是為什麼？因為我是李凱中副主任介紹來的嗎？」

傅華越發弄不清楚彭雪恩究竟是想做什麼了，這個女人昨晚剛去跟李凱中幽會，現在又毫不避諱地在他面前報出李凱中的名字，她究竟想玩什麼花樣？是想向他示威還是示好呢？

既然彭雪恩主動講出李凱中的名字，傅華覺得倒也不妨把問題直接攤開了說，於是就沒再去回避他跟李凱中之間的矛盾，說：「多少有這方面的因素，彭董也許知道，我跟李凱中副主任有些小誤會。」

彭雪恩對李凱中讓她去購買熙海投資預售的豐源中心辦公大樓是有其他企圖的這一點也知道一些，她曉得這是一個連環局，李凱中當初是想讓中衡建工領導層進行更換，然後開始全面審計中衡建工承建的豐源中心和天豐源廣場項目，借此機會讓這兩個項目全面停工。

工程停工就必然會導致熙海投資無法按期交付預售出去的辦公大樓，造成熙海投資違約，中庭傳媒和平鴻保險就可以追究熙海投資的違約責任了。

如此一來，熙海投資的資金鏈就會緊繃起來，即使傅華有辦法透過出售資產來挽救熙海投資，也必然會損失慘重。說不定中庭傳媒可以和中衡建工聯手將豐源中心這個項目從熙海投資手裏挖出來。

這個計畫本來是很好的，但是不知道什麼緣故，李凱中突然中止了這個計畫。那時候彭雪恩跟李凱中還是一條心的，她把未來都寄託在李凱中身上，因此對這個計畫沒有能夠得以順利施行還有些遺憾。

但是慢慢地彭雪恩發現，即使她把寶貴的身體任由李凱中玩弄，李凱中也沒有把她當一回事，她感覺自己就像李凱中的奴隸一樣，李凱中讓她幹嘛她就得幹嘛，甚至李凱中還拿不堪入目的私密照片及性命來威脅恐嚇她。

這讓彭雪恩不得不重新審視一下她和李凱中的這段關係，這時候，彭雪恩的視線就放在了傅華的身上了。

彭雪恩不是笨人，她馬上就想到李凱中會中止那次針對傅華的行動，一定不是突然良心發現才會那麼做的，一定是遇到了他抗衡不了的力量，才不得不停止執行已經計畫很久的行動。這也就是說，別看傅華只是個駐京辦主任，卻擁有能夠跟李凱中抗衡的力量，傅華所擁有的力量比李凱中強大。

於是彭雪恩就在思考，能不能借助傅華的力量來擺脫李凱中對她的控制，更好的結果，是能夠利用傅華除掉李凱中這個混蛋；甚至還可以跟傅華結成某種程度的聯盟，借傅華的力量穩住她中庭傳媒董事長的寶座。

要做到這一點，讓傅華知道她不是他的敵人就很重要了，於是彭雪恩迫切地想要跟傅華講明她跟李凱中並不是一條道上的。

彭雪恩是個很直爽的女人，想做就做，絲毫沒有猶豫，於是就借要去工地視察的名義，跑來跟傅華見面了。

彭雪恩笑說：「傅董，有件事我需要跟你聲明一下，雖然是李凱中副主任把我引介給你的，但是這不代表我什麼事情都跟他是一個立場，就拿購買豐源中心辦公大樓這件事而言，我單純是想給中庭傳媒購買一個優質的辦公場所而已，並沒有其他的企圖。」

如果沒看到彭雪恩和李凱中幽會的照片的話，傅華也許會相信彭雪恩所說的話，但是傅華都知道彭雪恩跟李凱中睡在一個被窩裏了，又怎麼能夠相信彭雪恩跟李凱中不是同一立場呢？傅華心想這個女人難道以為自己這麼好騙嗎？她可真是打錯了算盤啦。

傅華便應付地說：「彭董您多心了，我並沒有把您跟李副主任畫上等號啊。」

彭雪恩聽出傅華話中的敷衍意味，明白傅華一時之間是難以相信她的。想想也是，沒有人會這麼容易的就去相信一個對手陣營的人，除非她能拿出點有誠意的東西做投名狀才可以。

彭雪恩誠懇地說：「傅董，我知道一下子讓您相信我很難，不過我說的都是真心話。我們之間並沒有什麼利益衝突，因此我並不想與您為敵。」

傅華有點摸不清楚彭雪恩的意圖，彭雪恩似乎是想跟李凱中劃清界限，這可能嗎？

傅華略微沉吟了一下，他覺得彭雪恩既然專門跑來跟他單獨談，也許是有什麼他還不知道的事，是不是索性跟她把話攤開來講，瞭解一下她的真實意圖是什麼呢？反正不管彭雪恩是想來示好也好，設陷阱給他也好，局勢都在他的掌控之中。如果彭雪恩真的敢跟他為難的話，他就把段勇新和秦宇升的事揭發出來，先下手除掉李凱中。到那時候，單一個彭雪恩，他可是有很多手段對付她的。

傅華就看了彭雪恩一眼，說：「彭董，現在這個辦公室裏就您和我兩個人，沒有第三人在場，所以您是不是可以把話說得明白一點？」

彭雪恩笑笑說：「我也正有這個意思，傅董，不知道您對李凱中引薦我來購買豐源中心辦公大樓這件事是怎麼看的？」

傅華心說這個女人倒也乾脆，一來就直奔問題的核心，就說：「我是覺得李副主任並不是那種氣量大、以德報怨的人，這裏面肯定是有他的算計的。」

彭雪恩心說傅華這傢伙倒不糊塗，並沒有被李凱中給他的這點小恩小惠蒙住了眼睛。

彭雪恩接著說：「那傅董，您覺得李凱中要是想算計您的話，會從什麼地方下手呢？」

傅華回說：「當然是中衡建工啦，您和我的合作基礎是建立在中衡建工承建的豐源中心項目上，如果這個項目出什麼問題的話，熙海投資就必須要承擔違約的責任了。我說的對嗎？」

「您很聰明，」彭雪恩點了一下頭說：「一下子就抓住了問題的核心。

那你知道他會怎麼樣讓中衡建工出問題嗎？」

傅華想都沒想地說：「這就更簡單了，更換中衡建工的領導層不就可以了嗎？我跟中衡建工的合作，是以我和中衡建工的董事長倪氏傑的關係為基礎，換掉倪氏傑，這個合作基礎馬上就會崩塌，豐源中心很可能就會因此停工。」

彭雪恩佩服地說：「看來您早就知道李凱中打的是什麼如意算盤了啊，那您準備如何應對呢？」

「如何應對我暫且賣個關子，」傅華凝視著彭雪恩說：「彭董，我已經把話說得夠敞亮了，您是不是也可以坦誠的說明您今天的來意呢？」

彭雪恩笑了一下，說：「看來您是擔心我是來幫李凱中試探您的了，好吧，我把我自己真實的想法跟您說一下吧。最初我確實有幫李凱中設計您的意思，不過，現在我不但不想繼續幫李凱中害您，反而想跟您聯手一起對付李凱中。」

彭雪恩這麼說，更清楚表明了要跟李凱中劃清界限的意圖，而且她不只是要背叛李凱中，還要對付李凱中。

傅華看了彭雪恩一眼，說：「彭董，您這個轉變可是太突然了，我能問一下，究竟是什麼原因促使您要這麼做的嗎？」

彭雪恩不想談及自己的隱私，便說：「原因嘛，恕我不方便跟您講，反正我有非要跟李凱中決裂的原因，如果您相信我，那我們就合作；如果您仍然無法相信我，那就當我今天沒來好了。」

傅華從她的眼神中看出了誠意，就說：「彭董，您不用說了，我相信您。我想您如果不是沒有別的辦法，也不會跑來找我的。」

彭雪恩感激地說道：「傅董，您放心好了，我一定不會辜負你今天對我的信任的。」

傅華笑笑說：「您先不要急著表態，您確定一定要跟我聯手對付李凱中嗎？」

彭雪恩鄭重地點點頭說：「十分確定，我現在心意已決，任何事情都不會改變的。」

傅華再一次確認地問：「您真的不會再有什麼改變了嗎？」

彭雪恩被傅華看得心裏有點發毛，以為傅華對她是不是有什麼不良的企圖，這傢伙這麼看著她，會不會也想要她的身體攸為報酬啊？彭雪恩心想：自己怎麼淨遇到這種男人呢！不過為了對付李凱中，恐怕也不得不接受了，只希望他不要太變態就好了。

彭雪恩便苦笑說：「傅董，您就直說吧，想要我做什麼才能讓您相信我的態度不會改變？只要是不太過分的事，我都會照您說的去做的。」

看到彭雪恩臉上的表情，傅華明白她誤會他的意思了，趕忙說：「不是彭董，您誤會我的意思了，我並不是想要您做什麼來保證不會改變態度。而是想告訴您，有些事您可能還不完全瞭解，如果您貿然的就要跟我合作，最後吃虧的可能是您。」

「什麼事我不完全瞭解啊？」彭雪恩問：「您不妨說來聽聽，看看能不能影響到我。」

傅華暗示說：「比方說李凱中的後臺，實際上是高層的董某某。」

傅華之所以直接點出這一點，是因為他想看看彭雪恩對付李凱中的意志究竟有多堅決，又能有多少的抗壓能力。如果彭雪恩聽到董某某的名字就退縮，那他也就沒必要再跟彭雪恩談什麼合作了。

「董某某?!」彭雪恩有些錯愕，這個名字對她來說十分震撼，詫異地說：「我怎麼從來沒聽李凱中說過他的後臺是董某某啊？您這個消息會不會搞錯了？」

傅華說：「這個消息是我一個絕對不會搞錯的朋友告訴我的。怎麼，您害怕了嗎？如果您現在跟我說您不想跟我合作了，我也能理解。畢竟這個董某某對你我來說，都是一個不能抗衡的存在。」

彭雪恩猶豫了一下，董某某確實是個惹不起的大人物，也許跟這樣一個人抗衡，會給她和她的家族帶來滅頂之災，但是彭雪恩覺得她寧願被毀滅，也不想再忍受李凱中的羞辱。

想到這裏，彭雪恩下定決心說：「傅董，我知道這個董某某是個相當可怕的人物，即使是這樣，我也不願意再去忍受李凱中的擺佈，我的心意不會變了，我決定跟你聯手一起對付李凱中。」

傅華笑笑說：「那就好，其實這個董某某也不是無敵的，您不用太過害怕他。」

「這麼說，您跟他交過手？」彭雪恩好奇地問。

傅華點點頭說：「算是接觸了一下他的周邊勢力，我當時是想跟他硬碰一下的，沒想到他不敢跟我硬碰硬，馬上就退縮了。」

傅華就大致上講了那晚他被監察室的人帶走的情形，聽完原委，彭雪恩恍然大悟說：「我說嘛，那次李凱中本來都已經準備對您下手了，卻突然停了下來，原來背後還有這麼一段事啊。」

傅華說：「這就是小人物也有小人物的可怕之處的原因了，董某某那麼高層的人來對付我的話勝之不武；而我這個小人物卻可能給他帶來大麻煩，兩相權衡，他就很聰明的選擇妥協了。」

彭雪恩聽了，頗有同感地說：「其實高層的幾大巨頭之間，也不是鐵板一塊的，他們來自不同的派系，彼此有著很大的分歧，這讓他們做起事情來也不得不相互顧忌一些。」

傅華說：「是啊，誒，彭董，您接下來要打算如何去應付李凱中啊？」

彭雪恩搖搖頭說：「這個我也不知道，我還沒認真的想過這件事。」

傅華勸慰說：「您先不用急著跟他翻臉，想辦法先應付著吧，我估計這傢伙也蹦躂不了幾天了。」

彭雪恩看了傅華一眼，說：「傅董，您這是在暗示什麼？難道說他要出事了？」

現在還不是揭開底牌的時候，傅華不想把他掌握的關於李凱中謀殺段勇新和秦宇升的事告訴彭雪恩，於是說：「我沒暗示什麼，不過有句老話說，多行不義必自斃，李凱中壞事幹多了，自然會倒楣的。」

彭雪恩卻擔憂地說：「不過傅董，也有句老話叫：好人不長命，禍害一千年的。」

傅華看彭雪恩有些焦慮，就寬慰說：「您也別被他們給嚇住了，那些人實際上都是紙老虎，他們只是看上去可怕，真要認真分析，他們可能會被我們一擊即潰的。還有，您也不要把李凱中跟董某某視作是一個整體。董某某可以調度李凱中，但是李凱中卻不能隨意指使董某某，很多事李凱中必須要獨自面對。因此我說他蹦躂不了幾天了。」

彭雪恩由衷地說：「希望李凱中真能如您說的那樣蹦躂不了幾天，好了，我也耽擱您不少時間，該告辭了。」

傅華將她送出門，看著她坐上電梯離開，這才回辦公室。

第二天是週末，起床後，傅華和冷子喬一起去病房看望寧慧。

寧慧看到傅華，立即說道：「傅華，一個朋友告訴我，段勇新失蹤了，你知道是怎麼一回事嗎？」

傅華心想我當然知道了，嘴上卻說：「這我怎麼知道，也許是他有事離開北京了呢。」

寧慧用懷疑的眼神看著傅華，說：「你真的不知道是怎麼回事嗎？」

傅華說：「阿姨，你不會是懷疑我對段勇新做了什麼吧？我可沒那麼喪心病狂。再說，事情與我沒太大的關係，我也沒必要對段勇新怎麼樣的。阿姨，您不要管這麼多了，還是多想想自己的事吧，醫生有沒有跟您說，您還有多少天可以出院啊？」

寧慧說：「醫生說我恢復的不錯，再有五天就可以出院了。」

傅華點點頭說：「那太好了。不過，阿姨您可要注意啊，出院後千萬不要再跟李凱中有什麼接觸，你們過往的事最好就此畫上句號，您不要想著還要從他身上索取什麼財產或者其他的什麼了。」

傅華之所以讓寧慧注意這一點，是因為李凱中已經變成一個嗜血的凶手，他擔心寧慧在沒有戒心的情況下去跟李凱中見面，說不定李凱中會像對待段勇新一樣殺掉寧慧滅口。

寧慧猶豫了一下，說：「可是那樣的話，豈不是太便宜李凱中那個混蛋了？」

傅華暗自搖頭，這個女人還真是貪財，都這個時候了，還執迷不悟地想著要從李凱中身上撈取好處。

傅華便開導寧慧，說：「阿姨，到今天這個地步，您應該明白李凱中究竟是個什麼樣的人，您就不要再想著從他身上還能得到什麼好處了。」

冷子喬也說：「是啊，阿姨，您受的教訓還不夠嗎？這次要不是傅華找他的朋友幫忙，恐怕您能不能平安的出院都很難說呢。」

寧慧臉色不悅地說：「好了，你們都別說了，我不去接觸他就是了。」

這時，傅華的手機響了起來，顯示的號碼是那個從杜靜濤手裏買下豪天集團股份的徐悅朋，傅華有些奇怪，他跟徐悅朋除了在豪天集團見過一面之外，再無其他接觸，不知道他打來是想做什麼？

傅華接通電話，說：「您好徐董，找我有什麼事嗎？」

徐悅朋笑笑說：「有點小事想要麻煩傅董一下，不知道傅董願不願意幫我這個忙啊？」

傅華趕忙說道：「徐董客氣了，什麼事您說就是了，只要我能做到的，我一定做。」

徐悅朋說：「那我先謝謝傅董了，您現在在哪裡啊，這件事我想跟您當面談。」

傅華聽了說：「我現在人在醫院看望一個朋友呢。要不這樣吧，您定個地方，我過去。」

徐悅朋想了想說：「要不我們就約在您的海川大廈見面好了。」

傅華說：「行啊，半個小時後，我在辦公室等您。」

結束通話後，傅華就跟寧慧和冷子喬打了聲招呼，回到駐京辦。

剛在辦公室坐下，徐悅朋就到了。

「不好意思傅董，大週末的還讓您跑來。」

傅華笑說：「徐董不要客氣，我們算得上是合作夥伴了，互相幫忙也是應該的。誒，究竟是什麼事啊？」

徐悅朋說：「是這樣的，我老娘明天要過壽，想請傅董晚上過去吃杯壽酒，希望您能賞個面子。」

徐悅朋說著，就拿出一張大紅請帖遞了過來。

傅華愣了一下，通常被請去參加壽宴的，都是很好的朋友，他跟徐悅朋交情似乎還沒到這個份上，不過徐悅朋既然開口了，他也不好拒絕，就把請帖接了下來，說：「徐董真是抬愛，行，我明晚一定到。」

徐悅朋看傅華接下了請帖，高興地說：「傅董，說實話，我這個請帖送的有點冒昧。原本我老娘生日，我是準備在家和家人慶祝一下就好了，沒想要驚動太多人的。沒想到她一個老朋友過壽，辦得十分風光熱鬧，我老娘就有些眼熱，在我面前嘀咕，說我這個兒子不孝，連過壽都不幫她好好辦一下。我一想也是，我老娘已經八十一了，還能過幾次壽啊，她想要好好辦一下，我就幫她辦就是了。不過倉促間，我也很難召集到太多的朋友，於是就想到了傅董，所以還請傅董體諒我這個做兒子的一片孝心，到時候您什麼禮物都不需要買，只要去捧個人場就行。」

傅華雖然覺得徐悅朋請他去參加壽宴有些冒昧，但是徐悅朋這也是為了取悅母親而盡的孝心，就笑笑說：「徐董放心好了，我到時候一定去捧場的。」

徐悅朋感激地說：「那就先謝謝您了，我要趕緊走了，還有不少的請帖等著我去送呢。」

傅華笑說：「行啊，您去忙就是了。」

徐悅朋就匆忙離開了，傅華也準備離開駐京辦，出去給徐悅朋的母親買一份禮物，雖然徐悅朋說不用買禮物，但是空著手總是不好。

幾經挑選，他買了一柄紅珊瑚如意，紅色代表著喜慶，如意則代表萬事如意，傅華覺得這個禮物應該能夠讓徐悅朋的母親很高興的。

第十章

殺人滅口

傅華說：「不熟也可以猜測一下啊，
您說段勇新會不會是被同夥給殺了滅口啦？」
饒是李凱中心理素質超強，
聽到傅華點出殺人滅口這四個字，
也有些沉不住氣，眼神避開了傅華，說：
「這種事沒有證據我可不敢瞎猜。」

第二天晚上，傅華拿著紅珊瑚如意就去了舉辦壽宴的酒店。

壽宴在酒店的宴會大廳舉行，席開三十桌。傅華到的時候，賓客大部分都到了，從衣著打扮看，這些賓客好像還有些身分。

傅華大致掃視了一下這些賓客，並沒有看到熟悉的人，羅茜男也不在其中；不過能在倉促之間召集這麼多的賓客來參加這個宴會，可見徐悅朋的人脈關係還是挺廣闊的。

看到傅華拿著禮物，徐悅朋笑著迎了過來，說：「傅董，您也太客氣了，跟您說不用帶禮物的。」

傅華把禮物遞給徐悅朋，笑笑說：「沒什麼，就是一柄紅珊瑚如意，祝伯母她老人家福如東海，壽比南山，萬事如意。」

徐悅朋高興地說：「讓您破費了，真是太感謝了。」

傅華應酬說：「這是應該的。誒，徐董，我怎麼沒看到豪天集團的羅總啊？您沒請她嗎？」

徐悅朋解釋說：「請了，不過羅總今晚早就跟人有約了，因此沒辦法來。來，傅董，請這邊坐吧。」

徐悅朋就親自領著傅華去安排好的座位上坐下來。

徐悅朋給傅華安排的位置在主桌，看來他對傅華相當的重視。主桌上除了徐悅朋的老娘外，再就是徐悅朋的妻子和女兒，還有一對夫妻是徐悅朋的妹妹和妹夫。另外一個五十多歲的中年男人，是北京市東城區的一個副區長。

徐悅朋一一幫傅華介紹了桌上的人，介紹到他女兒的時候，特別說道：「冰冰啊，這就是我跟你說過的熙海投資的董事長傅華先生，就是他把豐源中心和天豐源廣場那兩個著名的爛尾項目運作起來的。」

徐冰冰二十五六歲，一身休閒的打扮，輪廓跟徐悅朋有點像，不過比徐悅朋多了點女性的溫婉氣息。

徐冰冰跟傅華握了握手，說：「傅叔叔，您好，將來有機會還要跟您請教一下地產運作方面的經驗。」

傅華笑說：「徐小姐不要這麼說，你父親就是地產業的成功人士，要學經驗跟他學就好了。」

徐冰冰說：「那不一樣，他是搞開發的，您是搞運作的。他可沒有您這種運作爛尾樓的能力。當初我曾經建議他把天豐源廣場和豐源中心接收過來，跟他說這一定會讓他賺很多錢的，結果他卻這樣不行那樣困難的，就是不敢去碰這兩個項目，後來看到您運作得風生水起，他又後悔的要死。」

傅華聽徐冰冰這麼說，不由得抬頭看了一眼徐冰冰，這個女孩雖然長得一般，但是頭腦還不錯，居然能夠從這兩個爛尾項目中看到商機。

傅華稱讚說：「你的眼光真是厲害啊，徐小姐，幸虧你父親沒看上這個項目，要不然就沒我什麼機會了。」

徐悅朋在一旁取笑說：「傅董，您別給她臉上貼金了，她以為那兩個項目您能運作成功，我就應該也能夠運作成功，其實根本就不是那麼回事。我敢說那兩個項目能夠運作成功，完全是您的本事，換了我根本就無法做起來的。」

傅華正想說點什麼，突然看到面向他這邊的方向有兩名年輕男子快步衝了進來，兩人邊往裏走，邊從各自的懷裏掏出一支手槍來，直接對著徐悅朋扣動扳機，砰砰兩聲，兩顆子彈就嗖地飛了過來。

在這電石火花的一剎那，傅華叫聲小心，連想都沒想便去用力地推開徐悅朋。

此刻徐悅朋正站在傅華和徐冰冰的中間，猝不及防地被傅華一推，身體就倒向徐冰冰那邊，把徐冰冰也給帶倒了。兩人這麼一倒，正好避開射過來的子彈。

徐悅朋也很機靈，倒在地上後，拖著徐冰冰迅速的滾到桌子底下去。

兩名槍手看一擊不中，知道擊殺徐悅朋的時機已逝，便在錯愕的來賓注視下，轉身快步離開了宴會大廳。片刻之後，大廳的賓客們這才反應過來，就像炸了鍋一樣的往外跑。

有幾名壯漢立即跑過來查看徐悅朋的情形。傅華看這幾名壯漢身形壯碩，冷靜沉著地過來查看徐悅朋和徐冰冰的情形，看來跟徐悅朋關係很深，應該是徐悅朋公司的保安。

徐悅朋和徐冰冰看到有人過來保護他們了，這才從桌子底下爬了出來。

徐悅朋不愧是孝子，爬出來的第一個舉動就是趕緊去看他的老娘，急急問道：「媽，您沒事吧？」

徐悅朋的老娘臉色鐵青，渾身瑟瑟發抖，哆嗦地說：「我沒事，不過我想站起來，卻兩腿一點勁都沒有，根本站不起來。」

徐悅朋看出他老娘只是被嚇壞了，沒別的事，就對那幾名保安說：「留兩個人保護我媽，其他人趕緊出去抓那兩個槍手。」

就有兩個大漢留在徐悅朋老娘身邊，其他人立即追出宴會大廳。

這時徐冰冰驚叫說：「誒，傅叔叔，你肩膀怎麼流血了？」

傅華轉頭一看，他的左邊肩頭的衣服已經被血濕透了，可能是他剛才推徐悅朋的時候被子彈擦到了胳膊。只是因為精神高度緊張，他沒注意到，此刻徐冰冰說他流血了，他才感覺到肩膀有些火辣辣地疼。

傅華趕忙掀開衣服看了一下，幸運的是，他只是被子彈擦破了點皮，流點血而已，其他的並無大礙。

他鬆了口氣，用手捂住傷口不讓血繼續流淌，然後笑說：「徐小姐，我只是破了點皮而已，沒事的。」

徐悅朋看到傅華受傷了，走過來關心地說：「傅董，真的沒事嗎？」

傅華搖搖頭說：「沒事，破了點皮而已，一會兒我找家醫院包紮一下就好了。」

徐悅朋說：「那讓冰冰陪你去吧。冰冰，你帶兩個人陪傅董去包紮一下，我這邊還有些事要安排。」

傅華說：「不用了，一點小傷，我一個人去就好了。」

徐悅朋執意說：「傅董，這是一定要的，現在外面不安全，那兩個槍手還沒被抓到。你一個人去我不放心，說不定那兩名槍手會因為您救了我而對您報復的。誒，冰冰，回頭你陪傅董包紮完之後，負責把他送回家。」

徐冰冰就走到傅華的身邊，說：「走吧，傅叔叔，我送你去醫院。」

傅華就和徐冰冰以及兩名工作人員去附近找了家醫院，幫傅華處理了傷口，然後把傅華送回家。

冷子喬正在家中，看到傅華這個情形嚇了一跳，趕忙問道：「這是怎麼回事啊？你不是去給人祝壽嗎，怎麼受了傷？」

徐冰冰弄不清楚冷子喬的身分，看了一下傅華，問道：「傅叔叔，這位是？」

傅華介紹說：「這是我女朋友冷子喬。」

徐冰冰有些詫異地說：「哦，您的女朋友真是年輕啊。你好，冷小姐，是這樣的……」

徐冰冰就把晚上發生的事講了一邊，然後說：「幸虧傅叔叔見義勇為，推了我爸爸一把，要不然我和我爸爸都會被槍手打中的。」

這時，傅華的手機響了起來，是徐悅朋打來的，徐悅朋說：「傅董，您那邊的情形怎麼樣了？」

傅華說：「我已經包紮好，回到家了。槍手找到了沒有？」

「沒有，」徐悅朋說：「那兩個傢伙很有經驗，早就跑得不見人影。我已經報警了，現在警方正在詢問現場的人呢。」

傅華狐疑地說：「徐董，您知不知道究竟是怎麼一回事，怎麼會有人想要殺您呢？」

在北京發生槍案可是很嚴重的一件事，傅華心中不禁對徐悅朋打了個問號，會有人找槍手想要殺掉徐悅朋，看來徐悅朋不是個簡單的商人。表面上看，徐悅朋很和善，完全不像愛惹事的人。但是傅華卻覺得徐悅朋的和善可能只是一種偽裝，他的真面目不是這個樣子。

徐悅朋也很納悶地說：「這我怎麼知道啊？我根本就沒得罪過什麼人啊？誒，傅董啊，大恩不言謝，今天的事我就不跟您說什麼謝謝之類的空話了，但這份情我記下了，以後您要是什麼地方用到我徐悅朋，我一定萬死不辭。」

傅華趕忙說：「徐董，您別把這件事放在心上，誰在那種情形下都會那麼做的。」

徐悅朋很有義氣地說：「別人會不會這麼做我不管，我記住的是您救了我們父女兩個。好了，有什麼話我們回頭再談吧，不打攪您休息了。」就掛了電話。

徐冰冰也說：「傅叔叔，我要回去了，需不需要留兩個人在這裏保護您啊？」

傅華笑笑說：「不用了，他們的目標也不是我。你還是帶著這兩名朋友一起回去吧，這樣你路上也安全些。」

徐冰冰聽了說：「也好，那我走了。冷小姐，再見。」就帶著人離開了。

冷子喬不滿地責備說：「你這傢伙逞什麼英雄啊，對方拿的可是槍，子彈要是偏一點，你的小命可就沒了。」

傅華聳了聳肩說：「我當時也沒想那麼多，一看對方開槍，本能的就去推了徐悅朋一下。」

「你沒想那麼多，」冷子喬生氣的說：「拜託，你現在不是一個人了，再有這樣的事你最好躲遠一點，不然你真有個三長兩短的，要我怎麼辦啊？」

傅華知道冷子喬這是在為他擔心，安撫說：「好，我以後會注意就是了。」

這時，傅華的手機再次響了起來，是羅茜男打來的，急急地問道：「陸叔剛才得到消息，說有人想要殺掉徐悅朋，我想到徐悅朋可能也給你發了壽宴請帖。誒，你沒事吧？」

傅華說：「沒事，就是為了救徐悅朋擦傷了點皮而已，我現在已經回到家，跟女朋友在一起了。」

羅茜男聽傅華點出他跟女朋友在一起，就會心一笑地說：「哦，我知道了，沒別的事，就想問問你的情況，你沒事我就放心了。那我掛啦。」

傅華說：「等一下，我還有話要問你，我記得你說你調查過這個徐悅朋，說他是個正當的商人，現在卻發生槍擊案，這究竟是怎麼回事啊？正當的商人怎麼會惹上這樣的麻煩？」

羅茜男也一頭霧水地說：「我也不知道啊，陸叔派人查的結果說他是個正當的商人，誰知道會發生這樣的事啊！」

傅華懷疑地說：「肯定有什麼地方不對勁，你讓陸叔再去想辦法查一下這個徐悅朋，看看有什麼東西被遺漏了。」

羅茜男說：「好，回頭我就安排陸叔再去好好查查他。」

羅茜男掛了電話後，傅華就讓冷子喬去叫點外賣回來吃，壽宴還沒開始就發生了槍案，這一晚上他還什麼都沒吃呢，此刻真是有點餓了。

正當傅華吃得正香的時候，有人敲門，就見萬博帶了一名員警走了進來。傅華看到萬博，意外地說：「萬隊長，您怎麼來了？」

「他們跟我說發生了槍擊案，傷者的名字叫傅華，我一聽是你，就趕緊過來看看你。你也真是個麻煩簍子，麻煩還都不小，不是被人綁架就是被人槍擊的，你就不能消停一點啊，刑偵總隊的人現在聽到你的名字，頭都大了。」萬博取笑說。

傅華一臉無奈地說：「萬隊長，你這麼說可不公平啊，這又不是我要去惹事的。」

萬博嘆說：「我知道，都是事情找上你的！不過你也太會來事了，吃個壽宴也能挨上槍子。」

傅華笑笑說：「好了，事情都這樣了，您就別說這些沒用的了，還是告訴我，這個槍擊案究竟是怎麼一回事啊？」

萬博苦笑說：「我要是知道是怎麼回事，還用跑來給你做筆錄啊，還不早去抓凶手了？」

傅華詫異地說：「你們也沒查出什麼線索來嗎？」

萬博搖搖頭說：「從現場調查到的情況來看，這兩名槍手是生面孔，不像是本地人作案，而且兩人作案的手法老到，一擊不中馬上就撤，應該是職業殺手。」

傅華聽了說：「那你們從徐悅朋那兒有沒有查到什麼線索？」

萬博嘆說：「沒有，徐悅朋堅稱他不知道是什麼人派槍手來殺他的，他這段時間也沒有得罪過什麼人。」

傅華笑說：「這麼說是槍手殺錯了人了？」

萬博說：「那種可能性不是沒有，但是基本上機率是很低的。徐悅朋是地產業的開發商，要做到一個人都不得罪，根本就是不可能的，我猜他一定有什麼事瞞著警方。不過暫時我們還無法查清這一點。誒，傅華，你有沒有關於他的資料啊？」

傅華搖搖頭說：「我倒是摸過他的底，不過跟你們警方差不多，只知道他是個做房地產生意的人，並沒有發現什麼可疑的地方。」

萬博說：「這傢伙還真是個謎啊。誒，對了，還有件事我想問問你。你知道段勇新這個人嗎？」

傅華輕描淡寫地說：「我聽說過他，他好像在跟子喬的阿姨做什麼生意。怎麼了？」

萬博說：「這個人失蹤了，他的家人報案說，他在一天夜裏接了電話出去後，就再也沒回來，公司和他常去的地方都找遍了，就是不見他的蹤影。」

傅華暗示說：「你們沒去查一下是誰打的電話？」

萬博說：「查了，那個電話沒做登記。」

傅華心說：這個李凱中也真夠狡猾的，居然手腳處理得這麼乾淨。

萬博又說道：「警方早就懷疑這個段勇新跟寧慧的車禍有關，我們推測是他們在生意當中發生了什麼嚴重的分歧，段勇新因此找人製造車禍想要殺掉寧慧，所以警方就把調查的方向放在他身上，可惜這下子段勇新一失蹤，線索就又斷了。你要提醒寧慧，要她小心些，我擔心對段勇新不利的人也會對她不利的。」

傅華答應說：「好，我會提醒她的。」

第二天，傅華接到羅茜男的電話，羅茜男說：「陸叔去查了，還是沒發現徐悅朋新的情報，槍手也已經離開北京了。」

傅華說：「好了，查不到什麼就先放放吧，你多注意一些徐悅朋，別讓他把麻煩帶給豪天集團就是了。」

羅茜男說：「這我知道，我會注意的。」

十點多的時候，徐冰冰來到傅華的辦公室，問候傅華說：「傅叔叔，我來看您，怎麼樣，身體沒事了吧？」

傅華笑說：「徐小姐真是太客氣了，你也知道我就是擦破了點皮而已，不用這麼在意的。」

徐冰冰客氣地說：「您是為了救我們父女才受的傷，不管怎麼說，我都應該來看看的。」

傅華說：「真的不用的，我倒是覺得你這幾天要儘量少在公開場合露面，畢竟那兩個槍手逃走了，你和徐董的人身安全還是要多注意。」

徐冰冰甜笑說：「謝謝傅叔叔的關心，這件事已經引起警方的重視，不管下手的人是誰，短時間內，他們恐怕不敢再對我們下手的。」

臨近中午的時候，冷子喬打電話來，問說：「傅華，你在幹嘛？」

傅華說：「我在駐京辦呢，怎麼了？」

冷子喬央求說：「你能不能來醫院一趟啊，李凱中過來了，現在正跟我阿姨兩個人關在病房裏不知道嘀咕什麼呢，我擔心我阿姨又會被他給忽悠了。」

李凱中雖然殺掉了段勇新，但是寧慧這個知情者還活著，他一定會想辦法除掉寧慧；而寧慧對李凱中的態度始終很含糊，也不知道她是對李凱中餘情未了，還是仍想要從李凱中身上謀取利益。傅華很擔心寧慧因為立場不堅定，再次中了李凱中的圈套，就匆忙趕去了寧慧的病房。

冷子喬正在病房門口等候著，傅華問道：「李凱中還在裏面嗎？」

冷子喬點了下頭，說：「兩人在裏面也不知道說些什麼，他們說話的聲音很低，我想偷聽也聽不到。」

傅華說：「我進去看看。」就推開病房門走了進去。

李凱中看到傅華，皮笑肉不笑地說：「哦，傅主任來了。」

傅華看李凱中神情自若，一點也沒有絲毫慌亂，心說這個李凱中還真是心理素質很強啊，殺了人還跟沒事一樣。

傅華就想試探一下李凱中，看他的心臟能夠強到什麼程度，就說：「我是來看子喬的阿姨病情恢復得怎麼樣，李副主任也來看望她啊？」

李凱中說：「是啊，我也是來看看她恢復得怎麼樣了。」

傅華轉頭去看向寧慧，故意說：「阿姨，子喬有沒有跟你講，昨天警方的人去我家了。」

寧慧點了下頭說：「有啊，子喬說你昨天胳膊受了傷，警方的人還去做筆錄。」

傅華意有所指地說：「警方昨天去我家可不僅僅是為了這件事，還說了您車禍的事呢。」

寧慧訝異地說：「提到我的車禍？警察說了什麼啊？」

傅華說：「他們說段勇新失蹤了，懷疑段勇新與您的車禍有關，段勇新失蹤，線索就斷了，現在案情陷入了膠著。」

說到這裏，傅華轉頭看向李凱中，說：「李副主任，這個段勇新您認不認識啊？」

李凱中聽到警方調查段勇新失蹤的事，心裏咯登一下，不過他早有心理準備，段勇新的家人不見了段勇新，自然會去報案，因此面對傅華的眼神時，臉上絲毫沒有慌亂，鎮定地說：「這個人我認識，打過幾次交道。」

傅華說：「哦，原來您認識段勇新啊，那您說段勇新為什麼會突然失蹤了呢？」

「這我怎麼知道，」李凱中很自然地說：「我跟他只是認識，並不熟的。」

傅華笑笑說：「不熟也可以猜測一下啊，您說段勇新會不會是被同夥給殺了滅口啦？」

饒是李凱中心理素質超強，聽到傅華點出殺人滅口這四個字，也有些沉不住氣，眼神避開了傅華，說：「這種事沒有證據我可不敢瞎猜。」

傅華語帶暗示地說：「等到有證據的時候就不用我們猜了，殺人滅口的人自然會被抓起來的，您說是吧，李副主任？」

李凱中有些尷尬地說：「是啊，誒，寧慧，我還有些事等著去處理，就不打攪你了。」就匆匆離開了病房。

寧慧不禁看了眼傅華，說：「傅華，你剛才那麼說，是在懷疑李凱中殺了段勇新？」

傅華反問說：「您說呢？」

寧慧遲疑了一下，隨即搖搖頭說：「不可能的，李凱中不是那麼凶殘的人。」

這時冷子喬走進了病房，聽到寧慧這麼說，立即不滿地說：「阿姨，他如果不是那麼凶殘，又怎麼會找人製造車禍謀殺你呢？」

寧慧替李凱中狡辯說：「那件事他說是段勇新瞞著他做的，事先他根本就不知道。」

冷子喬氣急敗壞地說：「阿姨，我終於明白你為什麼會被他騙這麼多年了，他說什麼你都相信啊？」

寧慧苦笑說：「不是的，你們不瞭解他，他跟我交往的時候真的很溫柔，根本就不可能去殺人的。」

傅華反駁說：「那段勇新失蹤是怎麼回事啊？」

寧慧心虛地說：「有很多可能啊，段勇新可能畏罪潛逃了，或者有其他的仇人把他幹掉了呢？反正我是不相信李凱中會去殺人的。」

冷子喬冷冷地看著寧慧，逼問說：「阿姨，您是真的不相信他殺人，還是不想相信他殺人？是不是他又許了你什麼好處了？」

寧慧不高興地說：「子喬，你怎麼這麼跟我說話，我可是你阿姨。」

傅華看寧慧的態度仍是傾向李凱中，就提醒道：「阿姨，子喬這麼說也是為了您好。這個李凱中真是不能相信的。您最好還是跟我們說他剛才都跟您講了些什麼比較好，這樣我們也可以幫您分析一下他究竟是不是在騙您。」

寧慧遲疑了一下，說：「他說這次車禍不關他的事，都是段勇新搞的鬼，還有，他會想辦法補償我。」

傅華問：「他怎麼補償你啊，段勇新現在失蹤了，那三千萬的貸款顯然無法拿到了，他根本就沒錢補償你啊。」

寧慧說：「他說他手頭還有些積蓄，回頭等我出院了，就會拿給我的。」

傅華不禁質疑說：「為什麼還要等出院呢，現在給您不行嗎？」

寧慧說：「他說他的錢有些來路不正，因此不想讓太多的人知道。」

「是啊，不想太多的人知道，然後約您去一個偏僻的地方，然後會發生什麼事就很難預料了。阿姨，我勸您還是不要去想這筆錢了，命比錢重要，叫我說，您還是按照原來的計畫，出院後馬上就去美國。李凱中真是有心補償的話，您就讓他把錢匯到美國去吧。」傅華警告說。

寧慧沉吟了一下，終於下決心說：「好吧，傅華，我聽你的，出院後就去美國，其他的事等到了美國再說。」

此時，離開病房的李凱中正坐著車準備回國資委，他看著車窗外一言不發，想著傅華在病房裏說的那些話。他有一種不好的感覺，總覺得傅華的話中有話，難道傅華已經知道是他殺掉了段勇新嗎？

李凱中的心開始有些不安，這還是他殺了段勇新後第一次感覺心裏不安。之前，他並不感到恐懼，是因為覺得沒有人知道他做了什麼，也就無需擔心被抓到；但現在的情形有些不同了，傅華的意思似乎很明確的知道段勇新是被他所殺，這是怎麼一回事？難道他看到自己殺掉段勇新的過程嗎？

李凱中在腦海裏拼命地回想他殺段勇新那天晚上發生的事，一個一個細節在腦海裏過濾著，忽然想起那時倉庫裏有什麼東西響了一聲，難道是有人在現場看到了他殺掉段勇新，被嚇到不小心碰到了什麼，才會有那聲響聲的嗎？

如果是那樣的話，他就慘了，只要這個目擊者舉報他，然後帶人去找到段勇新和秦宇升的屍體，那他就完蛋了。這個人搞不好就是傅華安排的，所以才會知道他殺了段勇新！

李凱中的心馬上揪了起來，傅華可不比寧慧，寧慧只要他忽悠幾句就能穩住；傅華這傢伙既狡猾又難鬥，他要是知道了這件事，恐怕他就凶多吉少了。

李凱中又想到了那封說知道他幹了什麼的信，到現在他也沒搞清楚這封信是誰寫的，會不會這封信就是傅華寫的啊？那樣可就太可怕了，傅華可能已經完全掌握他犯罪的事實了；不過，如果真是這樣的話，傅華可能早就向相關部門舉報他了，不會沒有任何行動啊。

李凱中一會兒懷疑傅華已經知道了他的犯罪事實，一會兒又自己推翻對傅華的懷疑，就在這種游移不定、翻來覆去的過程中，李凱中失去了這幾天一直保有的鎮靜，他的心開始恐懼了起來，感覺冥冥中似乎有隻眼睛在一直注視著他，讓他後背一陣陣的冒涼氣。

就在李凱中心理處於一種高度恐懼的時候，他的手機猛地響了起來，嚇得李凱中渾身哆嗦了一下，他看了看號碼，是章丹麗打來的，此刻李凱中哪有心情去理會章丹麗啊，就很不高興的按了拒接鍵，心裏罵了一句：媽的，老子想用你的時候你不在，這時候跑出來嚇唬老子，真是的！

好在章丹麗倒也識趣，沒再打過來。李凱中就把手機放在一邊，繼續在腦海裏翻來覆去的思索著傅華知不知道他的犯罪事實這件事。

巧的是，李凱中在想著傅華的時候，傅華也在想著李凱中。此時傅華已經回到駐京辦，他在想要不要給李凱中一點小小的警告。

傅華在病房看到寧慧的那個表情，知道寧慧又有些被李凱中忽悠得心動了，他擔心寧慧會不會在出國前偷著再跟李凱中見面；如果寧慧真的這麼做，她就有危險了。

傅華有些氣這個女人的貪婪，但是寧慧畢竟是冷子喬的阿姨，他又不能坐視不理，然而，他能說的能勸的都已經做了，已經沒有什麼招數能確保寧慧不去這麼做。眼下最好的辦法，只好想辦法阻止李凱中去騙寧慧見面。

傅華就想再寫一封信給李凱中，上面只要寫「我知道你對段勇新做了什麼」就行了，估計李凱中看到這封信一定會被嚇得半死，恐怕就沒心情再去騙寧慧上當了。

不過他又有些遲疑，如果再寫信過去，會不會讓李凱中察覺到什麼？他今天在病房說的那番話，讓李凱中似乎已經對他有了懷疑，要是他再寫這封信，李凱中會不會把這兩件事情聯繫起來，更加確定是他所為？

傅華想想，決定還是算了，他覺得現在還不是跟李凱中攤牌的時候，最好暫時不要去惹李凱中比較好。至於寧慧這邊，只好讓冷子喬和寧馨盯緊一點，不要給她機會去單獨跟李凱中見面就是了。

直到車子抵達國資委時，李凱中腦子還是一團亂，到底也沒想清楚傅華究竟知不知道他和段勇新、秦宇升之間的這些事。這時候的李凱中，心裏已經徹底的亂了。

下午三點，國資委黨委召開常務會議。

會上，國資委主任、黨委書記黃俊逸特別指出，要切實加強黨風廉政建設和反貪腐工作。會議最後，黃俊逸又強調：「黨風廉政建設和反貪腐工作是我們目前工作的重中之重，大家務必要充分重視，從思想和行為上跟黨中央保持高度的一致。在這裏，我要提醒同志們，有些同志過去已經有的貪腐行為，要儘快向組織坦白交代，爭取寬大處理，切不可心存僥倖，以為組織不知道你都做過什麼，實際上，你的一切行為組織都是看在眼中的，如果不主動向組織交代的話，一定會受到組織的嚴懲。」

為了強化語氣，在說到受組織嚴懲的時候，黃俊逸還用手啪地一聲拍了下桌子。

黃俊逸講這些話其實並沒有特定的指向誰，他拍桌子也不是說他此刻特別生氣，只是想要引起在座之人的重視而已。

但這些話聽在腦海中一直在琢磨是不是有人知道他殺了段勇新的李凱中耳中，卻是別有一番意味，他總覺得黃俊逸這些話是講給他聽的。尤其是最後黃俊逸拍桌子那一下，更是把精神已經高度緊繃的李凱中嚇得控制不住的渾身顫抖了一下，把放在手邊的一個水杯碰到了地上，立即摔碎了。

坐在李凱中旁邊的黃俊逸轉頭看了他一眼，有些納悶的問道：「誒，老李啊，你這是怎麼了？」

李凱中掩飾地說：「沒什麼，昨晚受了點風寒，頭疼得要死。」

黃俊逸關心地說：「不舒服就別撐著了，早點回去休息吧。」

李凱中也確實有些撐不住了，就說道：「那好，主任，我今天就先早退一會兒吧。」

李凱中剛離開國資委，他的手機響了起來，看看是個陌生的號碼，李凱中按了拒絕鍵。但是那個號碼並沒有就此罷休，再次打了過來。

李凱中有些無奈，只好接通了，說：「李凱中，哪位找我？」

就聽電話裏一個沙啞的女聲講道：「李凱中，我知道你對段勇新做了什麼。」

李凱中不由得心頭大駭，剛想問對方是什麼人，卻胸口一陣劇痛，眼前一黑，就昏了過去。

次日，傅華接到冷子喬的電話，告訴他「李凱中忽然中風，人事不知，我阿姨暫時可以安全了。」傅華想：總算可以放下一樁心事了。可是轉念又想到：官場和商場都是如此凶險，自己雖然僥倖存活迄今，還闖出一番事業，卻不知何時又會連命也輸了出去？不禁感慨萬分。

（全書完）

【後記】

權、錢對決的戲碼隨時在不同的角落上演著，有人在冉冉上升的同時，也有人正在快速地隕落，誰也不知道今日正紅的當權要角，明日會不會成為掉價的階下之囚。

在權錢的追逐戰中，或許可以憑藉父輩的餘蔭或是聰明靈活的頭腦巧妙操盤，得以通過層層考驗封官晉爵、名利雙收；卻也可能因為押錯寶、站錯邊而痛失寶座，鎩羽而歸，淪為失意之人，繼續隨波逐流，載浮載沉於無涯的官海中。

或許，沒有傷亡就不叫戰場，沒有鬥爭就不叫官場；這樣的故事永遠說不完，也不會有結局，因為只要人類有欲望，這場追逐戰就永無止境，傅華身為這個怪圈中的一分子，終究也逃不開權錢對決的纏身，陷入了世俗的紛擾之中。未來，他將仍然扮演這個過河卒子的角色，在權錢的舞台上發光發熱，寫下他自己鮮明的紀錄，完成未竟的篇章。

權錢對決 十六 官場現形（大結局）

作者： 姜遠方
發行人：陳曉林
出版所：風雲時代出版股份有限公司
地址：10576台北市民生東路五段178號7樓之3
電話：(02) 2756-0949
傳真：(02) 2765-3799
執行主編：朱墨菲
美術設計：許惠芳
行銷企劃：邱琮傑、張慧卿、林安莉
業務總監：張瑋鳳

初版日期：2017年7月
初版二刷：2017年7月20日
版權授權：蔡雷平
ISBN ：978-986-352-420-5

風雲書網：http://www.eastbooks.com.tw
官方部落格：http://eastbooks.pixnet.net/blog
Facebook：http://www.facebook.com/h7560949
E-mail：h7560949@ms15.hinet.net
劃撥帳號：12043291
戶名：風雲時代出版股份有限公司

風雲發行所：33373桃園市龜山區公西村2鄰復興街304巷96號
電話：(03) 318-1378
傳真：(03) 318-1378
法律顧問：永然法律事務所 李永然律師
北辰著作權事務所 蕭雄淋律師

行政院新聞局局版台業字第3595號 營利事業統一編號22759935

定價 ：280元　　特惠價 ：199 元　

國家圖書館出版品預行編目資料

權錢對決 ／ 姜遠方 著. -- 初版. -- 臺北市：
風雲時代，2016.11- 冊；公分

ISBN 978-986-352-420-5（第16冊；平裝）

857.7　　105019530